뒷마당의 작은 요정

포뢰

FOREST
WHALE

part. 1

할머니의 세상 _4

PART. 2

아오의 고향 _186

epilogue _220

part. 1

할머니의 세상

***

덜컹덜컹

차가 코너를 돌 때마다 트렁크에 실려 있는 소주병에서 찰랑거리는 소리가 난다. 가만히 귀를 기울이면 덜컹거리는 소리 사이로 병들이 부딪치는 소리가 들린다. 예서는 숨소리를 죽이고 병들이 내는 짤랑짤랑 소리를 찾는다.

"아빠, 무슨 술을 이렇게나 많이 갖고 가?"

트렁크에 가득 담긴 소주병들을 보면서 예서가 아빠에게 묻는다. 아빠는 딸을 보고 싱긋 웃더니 소주 박스를 마저 들어 올리며 말했다.

"할머니가 술 담그시잖아."

"정말?"

"할머니는 차가 없어서 이렇게 많이는 못 갖고 가시니까 아빠가 갈 때 사다 드리지."

플라스틱병에 가득 들어있는 투명한 소주를 보며 예서는 할머니가 술 드신 적이 있었는지 고개를 갸웃

했다. 소주를 마저 싣던 아빠가 예서를 보며 말했다.

"2주 후에 데리러 갈게. 그동안 할머니 말씀 잘 듣고, 자기 전에 꼭 양치하고."

"알아, 안다고."

예서는 성큼성큼 걸어 조수석 문을 열고 차에 올라탔다. 아마 한숨 푹 자고 나면 산골짜기에 있는 할머니 집에 도착해 있을 것이다. 그리고 할머니 집에서 2주를 지내고 나면 엄마도 퇴원해서 집으로 올 것이다. 2주. 고작 2주만 잘 버텨내면 된다.

찰랑이는 소주들. 햇빛들이 투명한 소주를 투과해 반짝인다. 아빠는 할머니의 작은 부엌에 소주들을 실어 나른다. 예서는 멍하니 서서 분주하게 움직이는 아빠의 모습을 지켜본다. 아빠가 가고 나면 이 산골짜기 작은 집에 할머니와 예서 둘만 남는다. 갑자기 2주가 한없이 멀게 느껴진다. 정말 잘 버텨낼 수 있을까?

짐을 나르던 아빠가 손을 탁탁 털면서 예서에게 다가온다.

"공주, 할머니랑 잘 있을 수 있지?"

수없이 물었던 질문. 엄마의 수술이 결정되고 아빠

는 여름휴가와 연차를 모두 끌어와 엄마의 옆을 지키기로 했다. 철이 들고 머리가 커진 예서도 지금의 상황에서 어리광만 부리고 있을 수 없다는 것을 알고 있다. 예서는 늘 그랬듯이 고개를 끄덕인다.

"응, 괜찮다니까. 할머니랑 같이 있을게."

씩씩하게 대답했지만 아빠의 눈동자는 예서를 한참이나 바라본다. 작게 벌어진 마음의 틈을 알고 있다는 듯이. 하지만 안다고 해도 상황이 달라지지 않는다. 아빠는 작게 고개를 끄덕인 다음 말했다.

"그래, 2주 후에 데리러 올게. 그동안 할머니 말씀 잘 듣고……."

"자기 전에 양치하라고. 안다고, 아빠."

아빠가 빙그레 웃더니 고개를 돌려 할머니를 바라본다.

"어머니, 예서 잘 봐줘요."

할머니는 고개를 주억거린다. 주름진 얼굴로 미소를 지은 채. 예서는 그런 할머니를 물끄러미 바라보았다. 할머니는 걱정 말고 가 보라는 듯이 아빠에게 손을 휘휘 젓는다. 아빠는 마지막으로 할머니와 예서를 번갈아 보더니 마지못해 등을 돌린다. 아빠가 문을 닫고 사라지자 오래된 집에는 정말 예서와 할머니만 남았다.

 할머니의 집은 마을에서도 외따로 떨어진 곳에 오도카니 서 있었다. 예서의 기억에 할머니는 항상 이 작은 집과 함께였다. 할머니는 이 집을 떠나지 않았다. 가끔 아빠, 엄마와 이 집에 놀러 오곤 했지만 이렇게 오래 떨어져 있었던 적은 없다. 하지만 내년이면 예서도 중학생이 된다. 엄마가 아픈 날이 많아지면서 집에 혼자 있게 된 시간도 늘어났다. 아무도 없는 그 집에 혼자 있는 것보다는 할머니와 함께 있는 것이 나으리라 생각했다. 혼자 남게 될 예서 때문에 엄마가 더 이상 수술 날짜를 미루는 것도 싫었다. 짧다면 짧고, 길면 긴 2주. 예서는 부엌에 걸려있는 큰 달력을 보며 날짜를 셌다. 그래, 별거 아니다.

 아빠가 돌아가고 연거푸 비가 내렸다. 할머니의 집은 마을의 가장 위쪽, 산과 면해있다. 지금보다 어렸을 때는 집으로 올라오는 길이 한없이 길게 느껴졌지만 이제는 제법 성큼성큼 걸어 올라올 정도로 자랐다.

기억에 남아있는 할머니의 집은 처음에는 마루가 밖에 나와 있는 한옥이었지만 한겨울에는 집에 있어도 코가 시릴 정도로 외풍이 심했고, 부엌과 화장실도 밖에 있었다. 한밤중에 화장실을 가는 것은 꿈도 꾸지 못할 일이었다. 집수리에 관한 화제가 나올 때마다 할머니는 손사래를 치며 거절했지만 결국 아빠가 승리했다. 그렇게 지금의 집이 탄생했다. 작은 방 두 개와 다락, 부엌과 화장실이 있는 집. 할머니는 집을 짓기 전, 딱 하나의 요구사항이 있었는데 아빠로서는 충분히 납득할 수 있는 조건이었다고 한다. 뒷마당과 연결된 커다란 창을 내 달라는 것. 현관문을 열고 작은 거실 겸 부엌을 지나면 안방 문이 나온다. 문을 열면 마주 보이는 곳에 천장에서 바닥까지 커다란 창이 있고, 창문을 열고 밖으로 나갈 수 있도록 설계됐다. 창문 아래에는 사람이 걸터앉을 수 있도록 작은 마루를 만들어 주었다. 꽃을 사랑하는 소녀 같은 할머니는 뒷마당에 있는 작은 화단에 계절마다 다른 꽃을 심곤 하셨는데 안방에 앉아 뒷마당을 내다보면 화단에 심어놓은 꽃들이 살랑살랑 바람에 흔들리는 것이 보인다. 할머니는 이 풍경을 사랑하셨구나. 한사코 거절했던 집이었지만 할머니의 집은 항상 깨끗하게 청소되어 있었고, 가끔은 애정 어린 손길로 벽을 쓰다듬기도 했다. 이 집과 터는 할머니의 인생이라고 말하는 아빠의 말 속에는 어쩐지 항상 안타까움이 묻어 있다.

 비가 오는 이틀 동안 집은 나에게 미지의 땅이 되어 주었다. 나는 탐험가가 되어 부엌 한 귀퉁이에서 오래된 가위를 찾아내고, 안방 구석진 곳에서는 닳고 헤진 효자손을 발견하기도 했다. 그러다가 다락으로 올라갔다. 내내 아파트에서만 살았던 나에게 다락이라는 공간은 보물섬과 다름없었다. 노끈으로 묶어 놓은 책들의 귀퉁이에서 아빠의 이름이 보였다. 먼지가 내려앉은 보자기에서는 갓난아이의 옷이 나오기도 했다. 작고 낡은 상자들, 빛바랜 보자기들. 아무도 보물이라고 해 주지 않을 나만의 보물들. 저녁이 되어 깜깜해져서 다락을 내려온 나는 먼지를 뒤집어쓰고 있었지만 뿌듯했다. 다락은 과거로 연결되는 공간인 것 같았다. 하지만 할머니에게는 그렇지 않은 모양이다. 검은 머리에 뽀얗게 내려앉은 먼지를 보더니 인상을 쓰신다. 그리고 나에게 다가와 화장실로 가서 씻으라는 시늉을 하신다. 어쩐지 그런 할머니가 재미있어 난 큰 소리로 웃는다. 아픈 엄마 앞에서는 한 번도 해 본 적이 없는 응석을 할머니 앞에서는 실컷 부리고, 말썽쟁이가 되어 버린다.

밝은 아침 햇살이 눈꺼풀을 뚫고 들어온다. 정신이 돌아오자 새들의 노랫소리가 들려온다. 열어놓은 창문을 통해 아직은 시원한 여름바람이 불어온다. 뒤척, 뒤척. 몸을 좌우로 굴리며 일어날지 말지 고민하다가 길게 기지개를 켠다. 발가락 끝까지 힘을 주자 몸이 개운하다. 눈을 뜨고 좌우를 두리번거리지만 할머니가 보이지 않는다. 부엌에 놓은 작은 밥상에 식기 몇 개가 올려 있는 것으로 보아 내 아침밥인가 보다. 할머니는 아마 일찍 밭일하러 나가신 모양이다.

"할머니."

집에 안 계시리라는 것을 알면서도 괜히 크게 불러본다.

"할머니!"

없다. 역시 밖에 나가신 모양이다. 나는 벌떡 일어나서 방 안을 둘러보고, 부엌으로 나가 두리번거린다. 그리고 화장실과 작은 방의 문을 모두 열어 아무도 없는지 확인한다. 안방에서 뒷마당으로 향하는 커다란 창문을 통해 밖을 내다보지만 할머니는 없었다. 내가 할머니를 아무리 부르고, 할머니가 집 안에 있다하더라도 할머니는 내 부름에 대답하지 않을 거라는 것을 알고 있으므로 일일이 확인한다. 없다. 집 안을 모두 확인하고 난 후에는 신발을 꿰어 신고 밖으로 나가본다. 비가 그쳤다. 아직 무더위가 내려앉기 전인 여름 아침 공기는 싱그럽다. 들이마시는 숨 사이로 아직 시원한 여름 공기에 진한 풀내음이 섞여 들어온다. 이틀 동안 내렸던 비로 공기 중에 섞여 있던 먼지들이 모두 씻겨 내려간 모양이다. 온통 초록인 여름산은 더없이 청명했다.

'쓰읍'

공기는 달았다. 어떤 과일로도 표현할 수 없었다. 집 아래로 펼쳐진 작은 밭에 할머니가 있었다.

"할머니!"

큰 소리로 할머니를 부르자 할머니가 고개를 돌리고 나를 본다. 나는 웃으며 까치발을 들고, 팔을 쭉 뻗어 흔든다. 나를 보자 할머니도 웃으며 고개를 끄덕인다. 아침이라 아직은 시원한 여름바람이 얇은 옷을 입고 있는 내 몸을 훑고 지나간다. 할머니가 고개를 떨어뜨리고 다시 밭일로 돌아간 후에도 나는 한참을 할머니를 바라보다가 몸을 돌려 뒷마당으로 향한다. 작은 화단에는 자주색의 플록스가 피어 있다. 색이 화려하지만 꽃이 작아 들꽃처럼 보인다고 생각했던 플록스. 선명한 자주색 꽃잎에 아직 물방울이 맺혀 있는 것들도 보인다. 화단 앞에 쪼그리고 앉아 꽃잎을 손으로 잡아본다. 가장 앞에 피어 있는 플록스 뒤에는 키가 큰 양귀비꽃이 피어 있다. 진한 다홍색의 꽃이 바람에 흔들린다. 상쾌한 바람에 기분이 좋아진다. 흔들, 흔들. 꽃과 잎사귀가 산에서 불어오는 바람에 몸을 맡기고 살랑거린다. 고개를 쭉 빼고 초록색 잎사귀로 손을 뻗었을 때 화단의 흙에서 무엇인가 후다닥 움직이는 것이 눈에 들어온다.

아이고, 깜짝이야. 언뜻 초록색으로 보였는데 아마도 개구리인가 보다. 작은 청개구리인가? 만지고 싶지는 않지만 궁금하다. 꽃과 잎사귀를 손으로 가르고 땅에 머리를 가까이 대고 눈을 깜박이며 개구리를 찾지만 보이지 않는다. 나는 어느새 왼손으로 앞을 짚고 다리를 바들바들 떨며 힘이 들어간 자세로 개구리를 찾고 있었다.

"개굴, 개굴."

 이런 허접한 개구리 흉내 소리로 개구리가 다시 돌아올까 싶지만 그래도 열심히 개구리를 부른다. 나한테 가까이 오진 말고 모습만 좀 보여줘. 그때 내 오른쪽에 있는 꽃과 잎사귀가 흔들린다. 아무래도 이쪽으로 간 모양이다. 자세를 낮추고 고개를 더 아래로 숙이자 모습이 보인다. 개구리가 아니네. 도마뱀이네. 태어나서 처음 본 도마뱀은 생각보다 징그럽지 않았다. 파란색 몸통에 긴 꼬리가 있고, 피부가 매끈했다. 짙은 흙과 초록색 잎과 줄기, 보라색의 꽃잎 속에 숨겨진 파란색은 너무나도 눈에 띄었다. 도마뱀의 머리는 작은 삼각형인데 내가 아닌 산이 있는 곳으로 머리를 두고 있었다. 매끈한 피부는 차가운 느낌이어서 어쩐지 손가락으로 도마뱀의 등을 쓸어보고 싶다는 생각이 든다. 도마뱀은 냄새를 맡는 것인지 산 쪽으로 향한 머리를 좌우로 움직이고 있었다. 나도 모르게 손이 움직인다. 바다처럼 파란 도마뱀의 피부. 그러다가 낮게 피어 있는 플룩스 꽃잎을 건드린다. 꽃잎에 맺혀 있는 물방울이 도마뱀의 등에 떨어진다.

투두둑

파란 도마뱀의 등에 물방울이 떨어지자 물감의 색이 번진 것처럼 물이 닿은 곳의 색이 변한다. 내 피부색과 같은 색으로.

도마뱀은 여전히 반대쪽으로 머리를 둔 채 두리번거린다. 이게 뭐지? 내가 잘 못 봤나? 그 사이 등은 다시 파란색으로 서서히 돌아온다. 나는 눈을 깜박인다. 이런 건 본 적이 없는데. 손가락으로 다시 플록스 꽃잎 하나를 툭 친다.

투두둑

방금처럼 많지는 않지만 그래도 적지 않은 수의 작은 물방울들이 다시 도마뱀의 등 위로 떨어진다.

색이 변한다. 내가 잘 못 본 것이 아니다. 신기한 마음에 도마뱀의 꼬리를 손가락 끝으로 잡는다. 그러자 도마뱀이 내가 앉아 있는 방향으로 머리를 돌린다. 눈이 마주쳤다고 생각한 것은 파란색의 도마뱀 눈동자를 보았기 때문이다.

'헉.'

나도 모르게 숨을 들이마신다. 그 순간 도마뱀이 내 손가락을 물더니 잽싸게 방향을 틀어 화단 깊은 곳으로 도망친다.

"아야!"

나는 깜짝 놀라 내 손가락을 본다. 아니다. 아프지 않다. 단지 놀랐을 뿐인데……, 괜찮다는 생각이 들자 다시 고개를 빼고 도마뱀을 찾는다. 도마뱀은 이미 그 자리에 없었다. ……너는 진짜 도마뱀이야?

"할머니, 진짜라니까. 도마뱀이야! 그런데 엄청 파란색이었어!"

밭일하는 할머니 옆에 쪼그리고 앉아 열심히 도마뱀에 대해 설명하지만 할머니의 반응은 시큰둥하다. 처음에는 뒷마당에서 소리를 지르며 달려 나오는 나를 보고 잠깐 일손을 멈췄지만 이내 내가 하는 말들이 시답지 않은 소리라는 생각이 드셨나보다.

"할머니, 이거 봐! 도마뱀이 내 손가락도 물었다니까!"

나는 오른손 검지를 할머니 앞에 들이민다. 하지만 할머니는 내 손이 안 보이는지 여전히 밭일에 매진 중이시다.

"할머니이이이이이."

급기야 할머니의 옷자락을 잡고 매달린다. 하지만

할머니는 꿈쩍도 하지 않는다.

"힝."

 나는 포기하고 자리를 털고 일어나 터벅터벅 집으로 향한다. 할머니의 표정은 그깟 도마뱀이 뭐 그리 대수라고. 라고 하는 것만 같았다. 이런 시골에는 그렇게 새파란 도마뱀도 흔한 건가? 풀이 죽은 채 현관문을 열고 터덜거리며 집 안으로 들어간다. 작은 부엌에 할머니가 나를 위해 차려놓으신 아침상이 보인다. 다리가 풀린 것처럼 밥상 앞에 주저앉아서 힘없이 숟가락을 든다. 입은 댓 발 나와 있다. 밥 한술을 떠서 입에 넣고 우물우물 씹는다.

'밥은 맛있네.'

 젓가락으로 나물 한 가닥을 집어 입에 넣자 이것도 맛있다. 입에 침이 고인다. 꼭꼭 씹어 밥그릇을 절반 정도 비웠을 때 그 소리를 들었다.

 꼬록 꼬록

 모르고 넘겼을 물소리. 나는 무심결에 고개를 들고 싱크대에 있는 수도를 보지만 물은 나오지 않았다. 수전은 잘 닫혀있었다. 다시 밥을 입에 넣는데 또 소리가 들린다. 이번에는 화장실이 있는 곳으로 고개가 돌아간다.

 꼬록 꼬록

 할머니가 아침에 물을 틀어놓으셨나? 나는 부스스 일어나 화장실 문을 조심스럽게 연다. 집에 아무도 없다는 것을 알고 있지만 마음은 그렇지 않다. 혹시 귀신같은 것이 나올까봐 조금 무섭다. 하지만 화장실도 아니다. 그럼 어디에서 소리가 나는 거지?

 할머니 혼자 살고 있는 작은 시골집. 무엇이든 간에 별것 아닐 거라는 생각은 들지만 그래도 궁금하다. 어디서 나는 소리지? 다시 소리가 들릴 때까지 조용히 기다리자 소리가 들린다. 가만히 그 소리를 따라가 본다.

 안방.

 방문은 열려있지만 함부로 발을 들일 수가 없어 고개를 쭉 빼고 눈으로 방을 훑어보자 처음에는 보이지 않았던 것이 보인다. 아니다. 알고 나니 보이지 않을 수가 없다. 도마뱀.

 안방에서 뒷마당으로 향하는 커다란 창문은 열려있다. 작은 화단은 아침에 일어나서 봤을 때와 다르지 않았다. 소리는 과실주를 담아놓은 병에서 나고 있었다. 과실주는 창문 옆에 쪼로록 세워져 있었는데 가장 끝에 있는 과실주에 파란색 도마뱀에 매달려 있다. 그래, 알고 나니 도저히 지나칠 수 없다. 연한 갈색의 과실주와 파란색 도마뱀.

꼬록 꼬록

소리가 계속 들려오고 있다. 놀랍게도 과실주가 조금 줄어들어 있었다. 도마뱀은 기어 올라가려는 것처럼 바닥에 뒷발을 대고 두 앞발은 과실주가 담긴 유리병에 붙이고 있었는데 순간적으로 나와 같은 피부색으로 바뀌더니 다시 파란색으로 변했다. 하지만 다음 순간 또 피부색으로 바뀌더니 또 파란색으로 변했다. 일정한 간격을 두고 몸 색깔이 변하고 있었다.

'저걸 마시고 있나?'

나는 재빨리 눈을 깜박인다. 병의 입구는 위에 있다. 작은 도마뱀이 병을 타고 올라가지 않는 이상 술을 마실 수는 없을 텐데. 하지만 술은 적은 양이긴 하지만 옆에 세워둔 병에 비해 확실히 줄어들었다. 그리고 마치 도마뱀이 술을 마시는 것처럼 리듬을 타며 몸 색깔이 변하고 있었다. 그러고 보니 아까 물이 떨어졌을 때도 몸 색깔이 변했었지.

조용히 발을 들어 방 안으로 들어선다. 도마뱀이 눈

치챌까바 숨도 멈춘 상태다. 또 한 발을 들어 도마뱀에게 가까이 다가선다. 도마뱀의 몸 색깔이 또 변한다. 다시 파란색으로 변하는 때에 맞춰 또 한 발짝 뗀다. 어떻게 할 생각은 없다. 다만 내 손가락을 물었으니 작은 복수 정도는 해도 되겠지? 도마뱀이 술에 취했는지 내가 근처에 다가서도 움직이지 않는다. 천천히 조심스럽게 허리를 숙이고…… 단번에 휙 낚아챈다.

"잡았다!"

도마뱀은 한 손에 들어올 정도로 작았다. 색이 변하길래 혹시 카멜레온인가 했지만 아니다. 감촉은 미끈하고 살짝 시원하다. 파란색 눈동자가 뱅글뱅글 돌더니 어렵게 나에게 초점을 맞춘다. 도마뱀을 잡고 있는 손에 힘을 주자 꺼억- 하고 트림을 한다.

"아! 술 냄새!"

다행인지 할머니의 집에는 과실주를 담기 위해 길고 큰 병들이 많이 있었다. 예서는 빈 병 하나에 파란색 도마뱀을 넣었다. 입구는 랩으로 씌우고 이쑤시개를 이용해서 숨구멍을 폭폭 뚫어주었다. 도마뱀은 세상모르고 잠이 든 것 같다. 사실 잘 모르겠다. 눈꺼풀이 원래 이렇게 생겼나? 삼각형 머리를 병에 기댄 채 규칙적으로 배가 움직이고 있다. 그 외에는 어떤 미동도 없이. 왜 이렇게 불편한 자세로 잠을 자는 건지 잘 모르겠다. 도마뱀이 잠든 모습을 처음 봤으므로. 색은 여전히 파란색이다. 손가락으로 병을 톡톡 두드리지만 도마뱀은 전혀 알아채지 못하고 깊은 잠에 빠져 있다.

"야! 감히 내 손을 물어?"

말을 걸어도 묵묵부답이다. 하지만 처음 보는 도마뱀의 모습이 신기해 눈을 뗄 수가 없다.

"아, 맞다."

도마뱀의 모습에 심취해 있던 예서는 벌떡 일어나 아침상에서 밥풀 몇 알을 떼어내 랩을 열고 밥풀을 떨어뜨린다. 하지만 밥풀은 도마뱀이 있는 곳까지 도달하지 못하고 중간에 붙어버린다. 아무래도 당분간 깨어날 기미가 없다.

"일어나면 언니 불러."

단단히 일러주고 마저 밥을 먹기 위해 숟가락을 든다. 병은 여전히 예서 옆에 있다.

이틀 동안 집 내부 탐사를 끝냈더니 할 일이 없다. 예서는 방에 벌러덩 누워있었다. 살랑살랑 부는 여름 바람이 기분 좋았다. 이리 둥글, 저리 둥글. 아, 심심해. 도마뱀은 몇 시간이 지났지만 일어날 기미가 보이지 않았다. 뭐하지? 아직도 자고 있나?

현관문 열리는 소리가 들린다. 할머니가 들어오시는 모양이다. 예서는 후다닥 일어나 이불 틈에 유리병을 숨겼다. 특별한 이유는 없지만 어째서인지 그래야 할 것 같았다. 어쩌면 술을 담아놓는 유리병에 도마뱀 따위를 집어넣었다고 혼날지도 모른다는 생각이 들었을 수도 있다.

"할머니!"

할머니는 주방에 없고 화장실 문 닫는 소리가 들린다. 그 틈에 예서는 다시 안방으로 돌아와 유리병을 찾아 들여다본다. 도마뱀은 아직도 잠들어 있다.

할머니는 예서를 위해 금세 찐 감자와 옥수수를 만들어주셨다. 햇빛이 쨍쨍 내려쬐는 한 낮에는 할머니도 그늘에 앉아 햇빛을 잠깐 피한다. 할머니는 손녀를 위해 산 아랫마을로 내려가 보겠냐고 손짓으로 물었지만 예서는 고개를 저었다.

"싫어. 집에 있을래."

예서가 기억하기로는 아랫마을에 예서보다 한 살 어린 남자아이가 살고 있었다. 어렸을 적에는 함께 놀곤 했지만 자라면서 소원해졌고 이제는 어색해졌다. 그 남자아이와 오후 나절을 보낼 바에야 파란 도마뱀과 노는 것이 낫다. 할머니가 다시 남자아이와 개울에서 수영하라는 몸짓을 한다. 예서의 고개가 도리질을 친다.

"싫어."

이름도 기억나지 않는 남자아이랑 개울가에서 수영이라니. 생각만 해도 끔찍하다. 단호하게 거절했음에도 할머니는 계속 아랫마을로 내려가자는 제스처를 한다.

"할머니, 마을에 볼일 있으면 갔다 와. 난 집에 있을게."

그제야 할머니가 고개를 끄덕인다. 차라리 잘 됐다. 그 사이 난 도마뱀이랑 놀아야지.

할머니가 현관문을 닫고 아랫마을로 내려가신다. 왕래를 자주 하지 않는 할머니이지만 오늘은 볼 일이 있으신 모양이다. 할머니의 하얀 머리가 시야에서 안

보일 정도로 사라진 뒤 예서는 몸을 돌려 곧장 안방으로 향한다. 그리고 이불 속에 감춰두었던 유리병을 꺼낸다. 도마뱀은 아직도 잠들어 있다. 행여 도마뱀이 깰까 유리병을 들고 조심스럽게 바닥에 내려놓는다.

톡톡

방바닥에 배를 깔고 누워 손가락 끝으로 유리병을 두드린다. 화들짝 놀라며 도마뱀이 잠에서 깨어난다. 이제야 일어났네. 잠꾸러기 같으니. 도마뱀은 고개를 들고 주변을 두리번거리다가 유리병 안을 두세 바퀴 빙글빙글 돈다.

"잘 잤어?"

도마뱀을 보고 혼잣말하듯 중얼거렸는데 놀랍게도 도마뱀이 머리를 치켜든다. 두리번거리는 것이 마치 소리가 나는 방향을 찾는 것처럼 보인다.

"파란 도마뱀아, 너 술꾼이더라."

농담처럼 한 말인데 도마뱀이 두리번거리던 머리를 멈추더니 곧장 예서를 향해 눈을 든다. 차갑고 파란 눈동자. 사파이어 같은 눈동자의 도마뱀과 눈을 맞추자 이상한 기분에 휩싸인다. 도마뱀은 천천히 눈을 깜박인다. 투명한 막이 눈동자를 감싸더니 순식간에 사라진다.

"나를 가두지 마라. 인간아."

 가슴에서 무언가 쿵 하고 내려앉는 느낌이다. 사람이 정말 놀라면 소리를 지르지도, 몸을 뒤로 빼지도 못한다는 것을 이때 처음 알았다. 아무것도 하지 못하고, 그 자리에 그대로 얼어붙는다는 것을. 대답은커녕 들이마신 숨도 제대로 쉬고 있는지 알 수가 없다. 잘못 들었나 싶었지만 도마뱀은 예서에게 시선을 고정한 채 재차 말했다.

"나를 가두지 마라."

"……에?"

 얼마나 바보 같은 대답인지. 한참이 지난 뒤 우리의 첫 만남을 되새겨보면 난 정말 어리고 어수룩했다. 그럴 것이 도마뱀이 말을 하다니. 어디에서도 들어본 적이 없다. 하지만 당시에 나는 얼이 빠져있었다. 당당하게 "너는 누구야? 도마뱀이 어째서 말을 하는 거지?"라는 말 따위는 달나라에 가 있었다고 할까?

"나를 꺼내줘."

파란 도마뱀은 시선을 맞추며 당당하게 말했다. 그런데 문제는 예서였다. 너무 놀란 나머지 얼어붙어 도마뱀을 꺼내주기는커녕 대답도 못 하고 어버버하며 입만 뻐끔거릴 뿐이었다. 도마뱀은 바다처럼 진한 파란색 눈동자를 굴리며 다시 말했다.

"너는 누구지? 이 집에는 하나코 말고는 아무도 없는데?"

예서는 멍청하게 넋을 잃고 말하는 도마뱀을 보고 있었지만 점차 충격이 가시고 슬슬 정신이 돌아오고 있었다. 그러고 보니 도마뱀의 목소리가 지나치게 앙칼지다는 생각이 든다. 이게 꺼내달라고 부탁하는 사람의 말투인가 싶기도 하다. 사람은 아니지만 어쨌든 심기가 불편해진다.

"너…… 너는 우리 할머니가 만든 술을 훔쳐 먹고 있었지?"

도마뱀은 대답 없이 파란 눈동자로 예서를 바라보았다. 그렇게 몇 초간 예서를 보더니 대답했다.

"훔쳐 먹은 거 아니야. 하나코가 나를 위해 만들어 놓은 거라고."

"하나코가 대체 누군데?"

"하나코! 이 집에 사는 인간 말이다!"

"이 집에는 우리 할머니 말고는 없어. 그리고 할머니는 하나코가 아니야."

"너는 누군데 이 집에 있는 거지?"

"그러는 너는? 도마뱀인데 왜 말을 해?"

받아치는 질문을 들은 도마뱀이 멈칫하더니 대답이 없다. 순간 도마뱀의 눈동자가 당혹스러워한다고 느꼈다. 대답 없던 도마뱀이 천천히 말했다.

"나를 이곳에서 꺼내줄 마음이 없는가?"

비난하는 말투에 이제 예서가 당황스럽다. 그럴 생각은 아니었는데. 하지만 미처 대답하기 전에 도마뱀이 다시 말했다.

"그렇다면 물을…… 여기에 물이라도 넣어줘."

"아니, 아니야. 너를 계속 여기에 붙잡아 둘 생각은 아니야."

"그렇다면 나를 풀어다오. 나를 꺼내줘."

도마뱀은 애처로운 표정을 지었다. 실제로는 아니었지만 파란 눈동자에 눈물이 맺혀있는 착시까지 일으켰다. 고개를 들고 도도하고 앙칼지게 말하던 도마뱀은 어느새 유리병 안쪽에 앞발을 대고 더욱 가련하게 서 있었다. 그 모습을 보자 마음이 아팠다. 내가 이 작은 도마뱀에게 무슨 짓을 한 거야. 손을 들어 유리병 입구에 씌어 놓은 랩을 벗기려는 찰나 도마뱀이 다시 말했다.

"그런데…… 하나코는 어디 있지?"

그래, 하나코. 이 집에는 할머니밖에 없는데 이 도마뱀이 아까부터 찾는 하나코는 대체 누구지? 예서는 손을 멈추고 유리병 안에 있는 도마뱀을 내려 보며 말했다.

"하나코가 누구야?"

기분이 이상했다. 안쓰럽고 애처로운 감정이 마음에 가득 했는데 지금은 주술에서 풀려난 듯, 잠에서 깨어난 듯 갑자기 정신이 맑아진다. 그리고 궁금했다. 이 도마뱀이 아까부터 애타게 찾는 하나코는 누구지?

"하나코가 하나코지. 누구냐니? 너는 하나코의 집에 들어앉아 있으면서 주인도 못 알아보는구나!"

잠깐이나마 불쌍하다고 느낀 도마뱀의 목소리는 처음의 앙칼진 목소리로 돌아왔다. 아니, 기가 막혀서. 누가 누구한테 화를 내는 거야?

도마뱀에게 뭐라고 한마디 쏘아붙이려고 하는 순간. 후두둑 후두둑 쫘아 하며 소나기가 내리기 시작했다.

"어! 비 오잖아!"

 잠시 아랫마을로 마실 간 할머니 생각에 예서는 자리에서 벌떡 일어났다. 할머니는 우산도 안 들고 가셨을 텐데. 급히 일어서는 바람에 무릎이 유리병을 쳤고 무릎에 맞은 유리병은 쓰러져 데굴데굴 굴러갔다.

"어!"

 유리병을 따라 뛰어갔지만 병은 데구르르 굴러가더니 방 끝에서야 멈췄다. 그리고 입구에 씌워 놓은 랩 한쪽이 살짝 벗겨져 있던 틈을 이용해 파란색 도마뱀이 빠져나왔다. 예서는 발을 구르며 도마뱀을 향해 종종걸음을 쳤지만 도마뱀은 손을 피해 요리조리 내빼더니 유유히 뒤뜰로 이어진 창문을 통과해 밖으로 나가버렸다.

"어……."

 이런……. 도마뱀을 놓쳐버렸다. 말하는 도마뱀이라니. 사진이라도 찍었어야 하는데.

 할머니는 소나기가 한바탕 비를 퍼붓고 지나간 후

에 집에 도착하셨다. 놀랍게도 할머니의 손에는 과자 봉지가 하나 들려있었다. 이것 때문에 아랫마을 남자 아이 집에 다녀온 걸까? 할머니에게 말을 하는 파란색 도마뱀에 대해 얘기할까 잠깐 고민했지만 그만뒀다. 어차피 할머니는 믿지 않을 것이다. 설사 예서의 말을 믿는다고 해도 손녀에게 뭐라고 말할 것인가. 눈에 넣어도 아프지 않을 손녀딸은 지금까지 할머니가 말하는 것을 한 번도 본 적이 없었고, 할머니의 목소리도 들어본 적이 없는데.

톡톡.
누군가 잠든 예서의 이마를 톡톡 두드린다. 잠결에 휘휘 내젓는 손짓을 했지만 그것은 다시 이마를 톡톡 두드린다. 귀찮은 마음에 반대쪽으로 돌아눕는다.
"히익!"
작은 비명 소리에 눈을 뜬다. 부스스 일어나 주변을 둘러보지만 할머니 말고는 아무것도 없다. 잘못 들었나 싶은 마음에 다시 자리에 누웠는데 뒷목이 차갑다. 정신이 번쩍 든다. 귀신인가 싶어 뒷목을 손으로 집고 베개가 있는 곳을 눈에 힘을 주고 보자 달빛에 비쳐 반짝이는 미끈한 파란색 물체가 눈에 들어온다.

"너……."

소리를 낮추고 작은 소리로 파란 도마뱀에게 말을 건넨다.

"왜 다시 왔어? 아까 도망갔잖아."

도마뱀은 차갑고 파란 눈동자를 들어 예서를 보더니 속삭인다.

"나는 찾고 있는 물건이 있어. 네가 도와줘."

"뭐?"

숨을 삼켰다. 혹시 할머니가 깰까 곁눈질로 할머니를 바라보지만 아직 잠들어 계신 것 같았다. 이런 예서의 모습을 보고 도마뱀이 말했다.

"하나코는 걱정하지 마. 깊이 잠들어 있으니까."

"할머니가 잠들어 있다면서 너는 왜 작은 소리로……."

예서는 하던 말을 멈추고 도마뱀을 새삼 다시 본다. 달빛을 받아 푸른색으로 빛나는 도마뱀. 잘못 들었나? 도마뱀은 분명 할머니를 하나코라고 불렀다.

"할머니를 하나코라고 불렀어?"

도마뱀은 고개를 살짝 갸웃하더니 끄덕였다.

"그녀가 말해주지 않았어? 이름을?"

어리둥절한 표정으로 마뜩지 않다는 듯이 천천히 고개를 끄덕였다.

"하지만 할머니는 말을 하지 못하는데?"

"응? 그게 무슨 소리지?"

"우리 할머니는 말을 못 해. 할머니가 말하는 걸 한 번도 들어본 적이 없어."

도마뱀이 가만히 예서를 응시하더니 입을 열었다.

"하나코는 말을 할 수 있어."

이제 예서가 선뜻 입이 떨어지지 않았다. 하나코라니⋯⋯.

"⋯⋯하나⋯⋯"

"하나코."

"⋯⋯그러니까 하나코가 누구야?"

도마뱀은 대답하지 않았다. 오히려 예서를 바라보며 눈을 깜박였다. 한참을 바라보던 도마뱀이 입을 열었다.

"네 할머니라며. 네가 방금 말했잖아."

이해가 되지 않는다. 하나코가 우리 할머니라고? 하나코는⋯⋯ 아무리 봐도 일본 이름인데?

"우리 할머니를 왜 그렇게 부르는 거야? 별명이야?"

"하나코를 하나코라고 부르는 게 뭐가 이상해?"
"할머니를 왜 하나코라고 불러?"
"그게 이름이니까."
"우리 할머니 이름은 하나코가 아니야. 전화자라고."
"그건 새로 생긴 이름이잖아. 난 그런 이름 몰라. 내가 알고 있는 건 태어나서 받은 이름뿐이야. 그녀는 하나코야."
"그건…… 일본 이름 같잖아?"
"그래, 그녀는 일본인이니까."
"……"

예서는 기가 막힌 표정으로 도마뱀을 바라보았다. 지금 무슨 말을 하는 건지 종잡을 수가 없었다. 일본인이라고?

"할머니는 일본 사람이 아니야. 한국 사람이야."
"누가 그래? 그녀가 그렇게 말했어? 한국 사람이라고?"
"……아니. 할머니는 말을 못 한다니까. 하지만…….."

한국에서 살고 있는 한국 사람이 누가 나는 한국 사람이라고 말하고 다닌단 말이야? 그냥 다들 그렇게 알고 있는 거지. 할머니는 한국 사람인 할아버지와 결혼했고 아빠를 낳았다. 아빠도 한국 사람이고 아빠의 딸인 나도 한국 사람이다. 할머니가 외국인이라고 생각해 본 적은 한 번도 없었다.

"그녀는 일본 사람이야. 난 그녀가 갖고 있는 산호를 따라 바다를 건너 이곳으로 오게 됐고."

"산호?"

"그래, 산호."

"산호가 뭔데?"

도마뱀이 다시 눈을 깜박였다. 하지만 표정은 이런 멍청이를 봤나, 라고 하는 것 같았다.

"너는 아는 것이 없구나! 산호는 바다에서 나와. 일종의 보석이야. 하나코가 갖고 있는 보석 중에 피처럼 붉은 산호를 본 적 없어?"

"할머니가 보석을? 본 적 없는데."

머릿속을 헤집어 보았지만 찾아낼 수 없었다. 할머니는 그 흔한 금가락지 하나, 옥반지 하나 없었다. 피처럼 붉은 산호라면 당연히 눈에 띄었을 것이다.

"너는 그걸 갖고 뭐 할 건데?"

"나는……"

아무 생각 없이 질문을 던졌지만 정곡을 찔렀는지 도마뱀은 움찔하더니 바로 대답을 하지 못했다. 당황한 표정으로 내 눈을 바라보기만 했다.

"그걸 찾도록 도와달라며?"

"……응."

"그럼 알려줘. 네가 왜 우리 할머니를 일본 사람이라고 하는지, 왜 하나코라고 부르는지, 너는 그 보석을 갖고 뭘 할 건지. 알려줘."

도마뱀이 머리를 돌려 뒤뜰로 이어진 창문으로 걸어가기 시작했다. 작은 툇마루에 올라선 도마뱀이 예서를 보더니 말했다.

"말해줄게. 하지만 난 물 근처에 있어야 하니까 네가 밖으로 나와."

"나는 바다에서 왔어."

작고 파란 도마뱀이 말했다. 예서는 도마뱀 옆에 앉아 있었다. 둘은 작은 연못을 바라보고 있었다. 그동안 할머니 집에 몇 번이나 왔었지만 이런 곳이 있는지 꿈에도 몰랐다. 할머니 집에서 나온 파란 도마뱀은 작고 앙증맞은 발로 숲의 낮은 풀을 헤치고 사삭거리며 앞으로 나아갔다. 어두운 밤이지만 다행스럽게도 도마뱀의 매끈한 파란 피부가 달빛에 반짝여 길을 찾기가 어렵지 않았다.

"일단 내 이야기를 먼저 할게. 내 이름은 아오야. 네 명의 자매 중 유일하게 파란색이었거든."

"자매?"

"응. 내가 셋째 딸이야."

"너는 어디에서 왔는데?"

"나는 바다에서 왔어. 내가 잃어버린 붉은 산호는 원래 큰 언니거야. 바다에서도 산호는 진주 다음으로 귀한 보석이지. 나는 언니의 허락을 받고 붉은 산호를 머리에 꽂았어. 가야 할 곳이 있었지만…… 기분이 좋아져서 조금 멀리 헤엄쳤어. 산호가 원래 그래. 그리고 맹세하는데 절대 인간 세상에 가까이 가지 않았어. 멀리 떨어져서 인간들이 보일 정도이긴 했지만 가까이 갈 정도로 멍청하진 않았어. 그런데…… 그게 왔어. 통한의 물기둥."

"뭐? 그게 뭔데?"

"통한의 물기둥은 바닷속 땅이 흔들리면서 생기는 거대한 물기둥이야. 흔들리면서 생긴 진동으로 바다의 물이 포개지고 포개져서 땅을 뒤덮는대."

"……쓰나미구나."

"······너희 인간들이 뭐라고 부르는지는 모르지만 우리는 그렇게 불러. 통한의 물기둥. 이 물기둥이 생기고 나면 인간 세상에서 나는 통곡 소리가 바다까지 들려온다고들 해."

예서는 아무 말도 하지 못했다. 쓰나미가 얼마나 큰 재앙인지 텔레비전에서 듣고 보았기 때문에 익히 알고 있었다.

"그날 통한의 물기둥이 생길지도 모른다는 말은 들었지만 크게 신경 쓰지 않았어. 통한의 물기둥은 잦은 일은 아니지만 바닷속에서는 가끔 있는 일이었거든. 우리는 그저······ 잠시 하던 일을 멈추고 통한의 물기둥이 지나가길 기다리면 됐으니까. 통한의 물기둥이 바다를 훑고 지나갈 때 물 밖으로 나가면 안 된다는 말도 들었지만······ 물 밖으로 나갈 일이 많지 않았기 때문에 흘려들었지. 그런데 그날은 달랐어. 붉은 산호초의 힘을 믿고 있었던 것 같아. 그리고······ 자랑하고 싶었던 것 같아. 물 밖으로, 인간들이 보이는 곳으로 헤엄쳤어. 그냥······ 잘 모르겠어. 산호를 보여주고 싶었는지, 나만의 만족인지, 햇빛을 받은 산호의 색이 보고 싶었는지 모르겠어. 아무튼 난 인간들이 보이는 바다까지 나갔고 이게 얼마나 어리석은 짓인지 나중에야 알았지. 난 다시 고향으로 돌아가지 못했으니까."

"쓰나미에 휩쓸렸어?"

"일은 순식간에 일어났어. 나는 물 밖으로 나가서 그저 둥둥 떠 있었을 뿐이야. 더 이상 땅에 가까이 가면 안 된다는 것을 알고 있었거든. 물 밖에서 파란색인 내 몸이 다행스럽게도 눈에 띄지 않아서 다른 자매들에 비해 조금 더 가까이 갈 수는 있었지만 그렇다고 아예 안 보이는 것은 아니니까. 나에게 인간들이 사는 곳은 특별히 갈망의 대상도 아니었고, 궁금하지도 않았어. 그저 멀리에서 잠깐 보고 오는 것만으로도 만족스러웠거든. 어느 순간 몸이 하늘에 떠 있었어. 그냥…… 주변에는 온통 물뿐이었어. 허우적거렸지만 아무것도 손에 잡히는 것이 없었어. 해초도, 산호초도. 누가 내 몸을 뒤로 잡아당기는 것 같았어. 가까스로 정신을 차렸는데 몸이 물과 함께 하늘에 있더라고. 사람들이 사는 곳이 나보다 아래에 있었어. 뭐라고 불러야 할지 모르는 작고 네모난 것들이 다닥다닥 붙어 있었지. 너희는 그걸 집이라고 부르더라."

"너는…… 인어야?"

예서가 묻자 도마뱀이 예서를 빤히 올려다봤다.

"인어라니?"

"왜…… 여기는 사람이고, 아래는 물고기."

예서는 설명하기 위해 손짓을 했지만 도마뱀은 기가 차다는 듯이 웃음을 흘렸다.

"바다에 그런 생물이 살아?"

묻고 있지만 대답을 기대하는 눈치는 아니다.

"동화에 있잖아. 만화도 있고."

"내가 아는 한 그런 것들은 없어."

"그럼 너는 바다에서도 이런 모습이야?"

"너랑 비슷해. 다만 손에 갈퀴가 있지. 커다란 지느러미도 있고. 인간들보다 조금 더 유연해."

예서는 인어와 비슷하다고 생각했다. 하지만 그렇게 말하면 아오가 화를 낼 것 같았다.

"궁금하지만 일단 알겠어. 그래서 그다음에는 어떻게 됐어?"

"내 몸이 하늘로 빨려 올라간 것처럼 둥실 떠 있었는데 사실은 아니었어. 통한의 물기둥에 휩쓸려서 물기둥을 타고 위로 올라가 있었던 거야. 그리고 어느 순간 물기둥이 힘을 잃고 아래로 떨어졌는데……. 모든 것이 물에 잠겼어. 사람도, 집도. 나는······커다란 산호초처럼 생긴 무언가에 부딪혔어. 정신이 없었지. 나중에야 인간들이 그걸 나무라고 부른다는 걸 알았어. 내 머리에 있던 산호초도 그때 잃어버린 것 같아. 정말이지 산호초 따위에 신경 쓸 때가 아니었거든. 물은 그렇게 모든 것을 집어삼키더니 다시 바다가 있는 쪽으로 그것들을 끌어당겼어. 바다에 살고 물에 익숙한 나조차도 바다가 이끄는 대로 끌려가기 바빴는데 인간들은 어땠겠어? 그들은 아무것도 못 했어. 물에서 숨을 쉬지 못하는 인간들이 내 눈앞에서 죽어갔어. 그들은 해초처럼 이리저리 휩쓸렸지. 인간들은 고통스러워했어. 나는······ 아무것도 할 수 없었고. 결국 나는 고향으로 돌아가지 못했어. 인간들의 세상에서 길을 잃고 말았지."

도마뱀이 당시 생각을 하는지 작게 한숨을 쉬더니 다시 말했다.

"다시 정신을 차렸을 때는 바다가 아닌 땅에 있었어. 나는 모든 것을 잃어버렸지. 집으로 돌아갈 길도 찾을 수 없었고, 손에 있던 갈퀴도······, 마디와 지느러미도 말라서 없어졌어. 당연히 산호초도 없었고. 나는 '산'

이라 부르는 거대한 흙더미 위에 있었는데 다행히 근처에 물이 있었어. 정신을 차린 뒤에 허겁지겁 물로 달려갔지. 피부가 갈라지고 있었거든. 하지만 그 물은…… 내가 살던 바다와는 달랐어. 뭐랄까…… 미끄럽고, 시원하지 않아. 하지만 물이라고는 그것밖에 없었기 때문에 다른 방법이 없었지. 물에 뛰어들었더니 이런 모습으로 변했어."

도마뱀이 예서를 빤히 바라보았다.

"산에 있는 물이라면 민물이 아닐까? 너는 바다에서 살았고. 물이 달라서 모습도 바뀐 거야?"

"나도 잘 모르겠어. 그때 이후로 나는 쭉 이 모습이니까."

"그럼 산호초는? 그게 왜 할머니한테 있다는 거야?"

"통한의 물기둥을 타고 인간세계로 떨어진 뒤 나는 산호초를 찾아 헤맸어. 하지만 물과 떨어질 수 없어서 멀리 가지 못했지. 기껏해야 모습이 바뀐 물웅덩이 주변을 찾아보는 것뿐이었어. 달의 모습이 몇 번이고 바뀌었어. 그러다 언젠가 붉은 산호초를 보게 된 거야! 둥그렇게 깎여 있고 다른 날붙이에 붙어 있었지만 내가 찾고 있던 붉은 산호초가 확실했어. 산에 떨어져 있었어! 그런데 내가 발견하자마자 다른 인간이 그걸 갖고 가버렸어. 난 어쩔 수 없이 산호초를 따라 갔지. 그렇게 하나코를 만난거야."

도마뱀은 그때 생각을 하는지 허공을 바라보며 아련한 표정을 지었다. 그리고 말을 이었다.

"산호초는 큰 언니의 물건이야. 언니가 아끼던 물건인데 나는 조르고 졸라서 간신히 허락을 받았지. 나에게는 산호초가 필요해. 산호초 없이 집에 갈 수 없다는 뜻이 아니야. 고향으로 돌아가기만 한다면 산호초가 없어도 나를 반겨줄 거야. 그렇지만 나는…… 인간의 세상에 발을 들여놓았고 집으로 가는 길조차 잃어버렸지. 하지만 산호초가 길을 알려 줄 거야."

"왜? 왜 산호초가 길을 알려 줄 거라고 믿는 거야?"

"큰 언니의 물건이니까. 언니는 우리 자매 중 유일하게 엄마의 뒤를 이을 거니까."

도마뱀이 확신에 찬 어조로 말했다. 예서는 이해가 되지 않아 눈을 깜박였다. 하지만 아오는 예서와 다른 세계에서 살았다. 예서는 자세를 고쳐 앉고 아오에게 물었다.

"네가 찾고 있는 산호는 어떻게 생겼어?"

"피처럼 붉은색인데 내가 갖고 있었을 때와는 모양이 달라졌어. 붉고 동그랗지. 하나코가 갖고 있었거든. 나는 열심히 찾고 있지만 아직 발견하지 못했어."

"매일 할머니 집에서 찾고 있던 거야?"

"응. 하지만 어디 있는지 잘 모르겠어."

예서는 파란 도마뱀이 할머니의 집을 누비며 산호초를 찾는 모습을 상상했다. 눈에 띄지 않을 리가 없는데. 그렇다면 할머니도 파란 도마뱀의 정체를 알고 있는 것은 아닐까?

"그게 언제야? 할머니 집에서 얼마나 찾고 있었어?"

생각해 보니 한국에서 그렇게 큰 쓰나미가 일어났던 적이 있었나?

"계절이 여러 번 바뀌었지. 나는 하나코가 배를 타고 이 땅으로 오기 전부터 찾고 있었어."

점점 알 수 없는 대답을 하는 도마뱀. 예서는 정리가 필요하다는 것을 깨달았다.

"잠깐만. 처음부터 다시 얘기해 보자. 일단 아오, 네가 쓰나미에 휩쓸려서 사람이 사는 곳에 떨어졌어. 그리고 민물에 몸을 담그자 지금 같은 도마뱀의 모습으로 바뀌었다는 거지?"

"그래! 맞아."

"그게 언제야?"

"응?"

"그게 언제냐고. 네가 도마뱀의 모습으로 몸이 바뀌었을 때가."

"내가 통한의 물기둥을 타고 인간세계로 떨어졌을 때지."

 예서는 입술을 잘근잘근 씹었다.

"다시 물어볼게. 도마뱀의 모습으로 바뀌었을 때 우리 할머니가 어떤 모습이었어?"

"그때는 하나코를 몰랐어. 하나코는 그 뒤에 알았지."

"할머니를 처음 봤을 때, 그때 할머니는 지금과 같은 모습이었어?"

"아니, 하나코는 어렸지. 지금 너보다는 나이가 많았지만 지금처럼 쭈글쭈글하지는 않았어. 하나코가 배를 타고 이 땅으로 건너왔을 때도 함께였지. 하나코의 머리에 산호초로 만들어진 장식을 하고 있었거든."

"배를 타고 왔다고?"

"응. 사실 그때 바다로 뛰어들까도 했어. 찾다 보면 언젠가는 집에 갈 수 있지 않을까 하고. 하지만 바다는 짧았지. 금세 땅에 도착해버렸어. 그리고 내가 살던 바다도 아니었고."

"어……, 일단 알겠어. 그건 하나코씨한테 물어볼게."

예서는 곰곰이 생각했다. 대체 그때가 언제일까? 이 도마뱀은 언제부터 할머니와 함께였을까?

"할머니 집에서 어디 어디를 찾아봤어?"

"실은 거의 찾지 못했어."

"뭐? 왜?"

깜짝 놀란 예서가 소리치듯 물었다. 중요한 물건이 아니었단 말인가? 아오가 눈치를 살피듯 말했다.

"하나코가…… 나를 위해 만들어 놓은 맛있는 물을 봤지?"

"뭐?"

"아까 우리가 그렇게 만났잖아. 마시고 나면 기분이 할랑할랑 해지는 물. 아까 나는 그 기분 좋아지는 물을 마시고 잠이 들었지. 그 사이에 네가 날 가둬 놓았잖아."

예서는 할 말을 잃었다. 맛있는 물이라니. 기분 좋아지는 물이라니. 그것은 할머니가 담은 과실주였다. 도마뱀은 그게 정말 술이라는 것을 모르고 마셨단 말인가?

"그건 술이야."

"술?"

"그래, 그걸 마시면 취해."

"무슨 말인지 모르겠는걸?"

"마셨을 때 기분이 어땠어?"

"기분이 좋았지. 팔다리에 힘이 빠지면서 둥둥 떠 있는 기분이었어."

도마뱀이 배시시 웃는 것 같다고 에서는 생각했다.

"그걸 취했다고 하나봐. 사실 나도 마셔본 적이 없어서 잘 모르겠는데 흔히 술을 마시면 취한다고 해. 그럼 산호초를 찾기 위해 집에 들어오면서 매번 술을 마신 거야?"

"하나코가 나를 위해 만들어준 물인데 그냥 지나칠 수 없지. 하나코는 내가 뒤뜰에 살고 있다는 것을 알고 내가 지나다니는 길에 그 물을 놔둬."

"허. 너…… 너 그냥 주정뱅이구나?"

"그게 뭔지는 모르겠지만 기분이 좋진 않네."

토라진 말투로 앙칼지게 말한다.

"그래서 산호초 찾는 것을 도와 줄 거야?"

"왜 할머니한테 바로 달라고 하지 않았어? 어디 있

는지 왜 묻지 않았어?"

도마뱀은 갑작스레 입을 다물었다. 할머니가 도마뱀이 다니는 길목에 도마뱀을 위한 술을 둘 정도로 친했다면 왜 직접 물어보지 않았을까?

"하나코는…… 알려주지 않을 거야. 그녀는 모든 것을 잊고 싶어 했어. 목소리를 잃은 것처럼 어느 날부터 나와 말도 하지 않았어."

"그전에는 할머니와 이야기를 했어?"

"응. 하나코와는 가끔 대화를 했지."

예서는 눈을 가늘게 떴다. 믿을 수 없다기보다는 믿기 어렵다는 심정이었다.

"네가 말하면 할머니가 대답했다고?"

"응. 확실해. 주로 내가 말하긴 했지만 하나코도 분명 반응했어. 내 이야기를 들었다고."

"어떤 이야기를 했는데?"

예서가 의심한다고 생각했는지 도마뱀이 힘주어 말했다.

"내가 바다의 아름다움에 대해 말하거나 하나코의 건강을 걱정하면 분명 하나코는 고개를 끄덕였어!"

"그런 것 말고. 분명히 소리 내어 네가 한 말에 대답을 한 적이 있어?"

도마뱀이 눈을 굴리며 생각에 잠긴 표정을 지었다. 예서는 잠시 기다렸지만 도마뱀의 대답은 돌아오지 않았다.

"할머니는 너를 몰라. 확실해!"

예서가 힘주어 말했다.

"뭐? 말도 안 돼! 내가 하나코와 함께 한 시간은 네가 하나코를 알게 된 시간보다 훨씬 길다고!"

"시간? 그래, 말 잘했다. 너 시간이라는 개념을 알고 있긴 해?"

"그럼! 내가 왜 모를 거라 생각해? 통한의 물기둥을 타고 인간 세상으로 떨어진 날은 어제처럼 생생해! 처음 하나코의 머리에서 산호를 보고 확신한 날도 바로 몇 시간 전처럼 선명하다고!"

"하지만 그게 언제인지는 정확히는 모르지."

"알아! 알고 있어! 바로 어제처럼 또렷하다니까!"

"그건 알겠어. 하지만 그 일이 있고 나서 정확히 얼마의 시간이 지났다고 말할 수 있어?"

"시간이란 인간들이 사용하는 거잖아! 나에게 강요하지 마!"

파란 도마뱀이 눈을 부라리며 소리쳤다.

"나는 너희들과 달라. 나의 기억은 너희보다 세세하고, 나의 감각은 너희보다 예민해! 그깟 시간이라는 개념으로 나를 옭아매려 하지 마!"

화가 나 보이는 도마뱀은 말을 마치더니 예서를 그 자리에 버려두고 연못으로 퐁! 하고 뛰어 들어가 버렸다.

"……야!"

당황한 예서가 주춤거리며 자리에서 일어섰지만 물속으로 들어간 도마뱀은 나타나지 않았다.

"아오! 나를 집에 데려다줘야지!"

예서가 큰 목소리로 아오를 불렀지만 아오는 끝내 대답하지 않았다. 이제 예서도 화가 났다. 내가 그 산호인지 호박인지 찾는 걸 도와주나 봐라!

할머니가 잠든 예서를 흔들어 깨웠다. 예서는 아침 햇살에 눈이 부셔서 눈을 제대로 뜨기가 힘들었다. 설상가상 잠이 몰려들었다. 피곤했다.

그럼에도 어렵게 초점을 맞춰 옆에 있는 할머니를 실눈으로 바라보자 할머니는 예서의 하얀 잠옷과 발을 가리켰다. 무슨 일인데? 예서는 할머니의 손을 따라 잠옷 끝과 발로 시선을 옮겼다. 새까매진 발바닥. 풀잎이 든 잠옷. 순간 할 말을 잃었다.

할머니가 전하는 메시지는 명확했다.

'밤사이에 잠 안 자고 어딜 돌아다녔니? 잠옷과 발바닥이 이렇게 더러워질 때까지?'

"아……, 할머니. 나 너무 졸려. 더 자면 안 돼?"

예서는 할머니의 눈을 피해 등을 돌리고 얇은 홑이불을 끌어당겼다. 그런데 할머니가 이불을 확 끌어당겼다.

"할머니, 왜?"

할머니의 손끝은 여전히 예서의 발을 가리키고 있었다. 할머니는 화가 나 있었다. 할머니는 예서의 팔을 잡고 일으켜 세우려고 하고 있었다.

"왜애. 더 잘래. 할머니."

늘어지며 말하지만 할머니는 가차 없었다. 예서를 일으킨 할머니는 화장실로 예서를 밀어 넣었다. 젖은 화장실 바닥을 맨발로 들어선 예서가 고개를 숙이고 바닥을 보자 시꺼먼 발자국이 나 있었다.

발을 닦은 예서가 터덜터덜 자리로 돌아와 다시 베개에 얼굴을 묻었다. 아침밥도 싫고 다 귀찮았다. 더 자고 싶은 생각뿐이었다.

도마뱀 아오가 예서를 숲 속 연못가에 버려두고 사라져 버린 후 예서는 달빛을 등불 삼아 혼자 산을 내려왔다. 다행히 달은 밝았고, 집에서 멀지 않기 때문에 금세 집에 도착했지만 낯선 숲길을 내려오는 내내 두려움과 싸워야 했다. 그렇게 할머니 집의 파란 지붕이 보였을 때는 정신없이 뛰어 내려왔다. 분명 슬리퍼를 신고 있었는데도 발이 시꺼메질 정도로 정신을 차릴 수 없었던 모양이다. 내려오는 내내 할머니를 마음속으로 외치고 불렀는데 막상 안방과 뒷마당 사이에 있는 툇마루에 올라서자 행여나 할머니가 깰까 봐 조심스럽게 방충망을 소리 죽여 열고 방으로 들어갔다. 할머니 옆에 눕자 안도감이 밀려들었다. 긴장이 풀리자 잠이 쏟아졌고 한밤중의 산책 덕에 잠이 모자란 예서는 정오가 다 되어서야 자리에서 일어났다. 물론 아침 일찍 할머니의 등쌀에 자리를 털고 일어나 화장실에서 발을 닦고 오긴 했지만.

그리고 오늘은 아오가 들어오지 못하도록 방충망을 닫아 놓았다. 신비롭고 몽환적이던 파란 도마뱀 아오가 이젠 괘씸했다. 그 산호인지, 진주인지 절대 찾아주지 않을 것이다. 비록 동물이지만 양심이 있다면 아오도 이제 이 집을 찾아오진 않겠지. 오늘은 늦게 일어나 늦은 밥을 먹고 배를 바닥에 대고 독후감을 쓰기 위해 책을 집어 들었지만 헛수고였다. 같은 줄을 몇 번이나 읽다가 책을 덮었다. 밤에 들었던 아오의 이야기와 차갑고 파란 아오의 눈동자가 눈앞에서 아른거려 글씨가 눈에 들어오지 않았다. 아……, 이게 아닌데. 아오가 파란 눈동자에서 눈물을 뚝뚝 흘리며 부탁해도 들어주지 않으리라 다짐했는데. 그런데 아오가 언제 올지, 오늘 오기는 할지 궁금한 마음에 자꾸 방충망이 닫혀 있는 창문으로 눈길이 간다. 그런 자신의 모습에 짜증이 치민다. 예서는 거칠게 책을 덮어 옆으로 밀어두고 벌떡 일어섰다. 그리고 쿵쿵거리며 다락으로 올라갔다.

한여름 정오의 다락은 찜통이 따로 없었다. 예서는 지붕 아래 낮게 달린 다락의 작은 창문을 열었다. 보물섬이라고 생각한 다락은 지금 보니 그냥 창고에 불과했다. 예서의 생각에 만약 할머니 집에 산호라는 보석이 있다면 다락에 있을 것이라고 생각했다. 1층의 생활공간 그 어디에도 보석 같은 것은 없었다. 하지만 한 시간 넘게 다락을 뒤졌지만 보석은커녕 값나가는 물건 같은 것도 없어 보였다.

"우리 집이 이렇게 가난했나?"

예서는 먼지가 뽀얗게 앉은 상자들을 일일이 열어 보며 실망했다. 더웠다. 땀이 났다. 오랜 시간 방치된 다락의 먼지들이 예서의 몸에 들러붙었다. 연거푸 재채기하던 예서는 실망감을 안은 채 1층으로 내려와 시원한 물로 샤워했다.

아무래도 오늘은 아오가 오지 않을 생각인 것 같다. 예서는 수건으로 머리를 털며 거실을 지나 안방으로 들어갔다. 그때 예서의 눈에 아오가 보였다. 예서의 입가에 미소가 떠올랐다.

아오는 방충망 때문에 집에 들어오지 못하고 밖에 있었다. 툇마루에 앉아 방 안을 들여다보고 있었는데 정확히 말하자면 할머니의 담금술을 바라보고 있었다. 하지만 예서의 인기척을 느꼈는지 재빨리 툇마루를 내려가 버렸다. 예서가 달려가 방충망을 열며 아오를 불렀다.

"아오!"

예서는 작은 뒷마당을 눈으로 훑었다.

part. 1 할머니의 세상

"아오! 괜찮아. 들어와."

잠시 후 아오가 보라색 플룩스 사이에서 느리게 걸어 나왔다. 아오는 파란색 눈동자를 예서에게 고정시켰다.

"아오, 집에 들어오는 건 좋지만 술은 안 돼."

예서가 강하게 말하자 아오가 시선을 떨어뜨렸다. 예서는 팔을 뻗어 아오의 몸을 들어 집 안으로 들어오도록 도와줬다.

"방금 전까지 집 안을 찾아봤지만 산호 같은 건 없었어. 정말 우리 할머니가 하고 있었던 게 맞아? 산호뿐 아니라 이 집에 보석 비슷한 건 아무것도 없더라고."

"응. 하나코가 하고 있는 것을 분명히 봤어. 난 그 산호를 따라 하나코에게 왔으니까."

"그럼…… 내가 찾지 못했던 것을 네가 볼 수도 있으니까 우리 다락으로 한번 올라가 보자."

"다락?"

"응. 여기 위에 있어."

"지붕으로 올라가는 거야? 햇빛이 강할 텐데."

"우리가 있는 이 방과 지붕 사이에 있는 공간이야. 해는 들지 않지만…… 덥긴 하겠다."

"그렇다면 물을 갖고 가줘. 난 물이 필요해."

아오의 요청에 따라 예서는 바가지에 물을 가득 담아서 넘치지 않도록 조심하며 다락으로 올라갔다. 다락은 여전히 먼지 구덩이였고 아오가 다락에 올라오자마자 먼지들이 아오의 몸에 달라붙었다.

"어우, 이게 다 뭐야?"

아름다운 파란 도마뱀인 아오의 몸이 금세 먼지투성이가 되어버렸다. 예서는 바가지에 담긴 물을 손으로 조금 퍼내어 아오의 몸을 닦아 주었다.

아오와 예서는 오후 내내 다락에서 보냈다. 하지만 둘 다 산호를 찾을 수는 없었다. 예서의 말처럼 집에 장신구 따위는 없었다. 할머니에게 장신구는 너무 사치스러운 물건임이 분명했다.

먼지를 잔뜩 뒤집어쓰고 1층으로 내려온 예서가 아오에게 말했다.

"할머니가 산호 장식을 머리에 꽂고 있던 것이 확실해?"

"응."

"좋아."

좋다고 말하는 예서를 아오가 빤히 바라보았나.

"대체 뭐가 좋은데?"

part. 1 할머니의 세상 .55

"할머니에게 물어봐야겠어."

"하⋯⋯. 그건 이미 내가 시도해 봤어."

"할머니한테 산호에 대해 물어봤다고?"

아오가 고개를 끄덕였다.

"물어봤지."

예서는 의심스럽다는 듯이 눈을 가늘게 떴다. 아오는 신비롭긴 하지만 어딘지 믿음직스럽지 못한 데가 있었다.

"뭐라고 물어봤어?"

아오가 목을 큼큼 가다듬더니 말했다.

"하나코, 배를 타고 올 때 머리에 꽂았던 붉은 산호 장식 갖고 있지?"

오! 꽤나 구체적으로 물었다.

"그랬더니 할머니가 뭐라고 했어?"

"고개를 끄덕였지."

"그래서?"

"그래서라니?"

"어디에 있는지 묻지는 않았어?"

"아니! 물었지. 내가 그렇게 허술할 것 같아?"

"할머니가 뭐라고 대답했는데?"

"고개를 끄덕였지."

예서는 눈을 깜박였다. 어쩐지 기시감이 들었다.

"……어디에 있냐고 물었는데 고개를 끄덕였다고?"

"집에 잘 보관하고 있지? 라고 물었지."

"아……."

"그랬더니 고개를 끄덕이더라고."

"아오, 오늘 밤에 다시 와. 내가 할머니와 이야기해볼게. 네 말이 정말이라면 할머니한테 묻는 게 가장 빠르겠어."

"내 말은 정말이야!"

아오가 힘주어 말했다. 예서가 한숨을 쉬고 말했다.

"알아, 안다고. 어쨌든 밤에 다시 와. 할머니가 잠들면 와서 나를 깨워. 어제처럼."

아오와 헤어진 예서는 다시 샤워했다. 할머니는 밭일을 마치고 주방에서 저녁을 준비하고 계셨다. 예서는 소박한 밥상 너머로 할머니와 마주 앉았다. 평생 농사를 지은 탓에 할머니의 손은 볕에 그을리고 마디가 튀어나와 있었다. 할머니의 얼굴은 주름이 지고, 늘어져 있었지만 아오의 말을 듣고 나자 어렸을 적 할머니의 모습이 떠오르는 것 같았다. 예뻤을 것이다. 할머니도 어린 소녀의 싱그러움을 간직한 채 까르르 웃던 시절이 있었을 것이다. 이런 생각에 예서는 할머니를 물끄러미 바라보았다. 그러다 할머니와 눈이 마주쳤다. 할머니는 '밥 안 먹고 뭐 해'라고 묻는 표정을 짓더니 젓가락으로 반찬을 집어 예서의 밥그릇에 올려줬다.

"할머니."

예서가 할머니를 부르자 할머니의 눈썹이 위로 올라간다. "왜?"라고 말하는 것 같다.

예서는 망설였다. 붉은 산호에 대해 어떻게 물어야 할까. 아오에 대해서 뭐라고 해야 할까?

하지만 예서의 입을 통해 나온 말은 전혀 짐작도 하지 못 한 말이었다.

"할머니, 할머니 이름이…… 하나코야?"

할머니를 하나코라고 부르는 파란색 도마뱀. 예서는 믿기 어려운 이야기이지만 신비한 이야기 자체에 매료되었다. 하지만 어디까지나 그것은 아오의 이야기이다. 아오의 이야기에 등장하는 하나코가 진짜 예서의 할머니라고 믿은 적은 없었던 것 같다. 그랬는데…….

 마주 본 할머니는 눈도 깜박이지 못한 채 놀란 눈으로 예서를 보고 있다. 할머니의 호흡은 짧고 거칠었다. 밥알이 올라가 있는 숟가락을 입으로 채 가져가지 못하고 그대로 툭 떨어뜨린다. 할머니는 대답하지 않았지만 이 반응으로 보건데 아오가 틀린 것 같진 않았다. 하지만 다음 순간 할머니는 고개를 저었다. 다소 거칠게 고개를 저었다. 아니다. 네가 잘 못 알고 있는 것이다. 부정의 의미로 고개를 저었다. 하지만 예서는 믿을 수가 없었다. 항상 침착하던 할머니가 이런 반응을 보였는데 어찌 이상하지 않을 수 있단 말인가.
"할머니, 왜 그래?"
 할머니는 여전히 고개를 가로젓고 있었다. 예서는 무릎으로 기어 할머니 옆으로 다가갔다. 그리고 할머니의 팔을 잡고 말했다.
"하나코는 일본 이름이잖아. 그렇지? 할머니는 한국 사람이고. 응?"
 할머니는 가로 짓던 고갯짓을 멈추고 예서를 바라보았다. 할머니의 눈에는 눈물이 맺혀 있었다.
"할머니! 왜 울어?"

놀란 것은 예서였다. 이런 모습은 처음 보았다. 하지만 할머니는 예서의 물음에 긍정도 부정도 하지 않았다. 그저 예서를 바라보며 울고 있을 뿐이었다.

"할머니! 왜 울어! 나 때문이야? 내가 물어봐서? 미안해. 할머니. 진짜 미안해."

다급하게 예서가 말했다. 그럴 리가 없다. 할머니는 분명 한국 사람일 것이다. 그런데…….

정말 한국 사람이 맞다면 할머니는 왜 울고 있는 걸까? 아오의 말이 정말일까?

"할머니, 할머니…… 일본 사람이었어? 전화자가 할머니 이름 아니었어?"

할머니는 어쩐지 넋이 나간 것 같다. 예서는 할머니를 흔들었다.

"할머니. 진짜야? 응? 진짜야?"

순간 예서는 할머니를 흔들던 손을 멈췄다. 할머니의 눈에서 굵은 눈물이 떨어졌다.

할머니가 손을 들어 예서의 손을 잡았다. 얼굴을 돌려 예서를 마주 보았다. 할머니의 얼굴은 처량했다. 굵은 주름 사이로 눈물이 흘러내렸다. 할머니가 예서의 손을 토닥이더니 땅이 꺼질세라 깊은숨을 내쉬었다. 눈물을 삼키듯 어렵게 침을 삼키고 입을 열었다.
"……오랜만에 듣는다."
탁하고 낮은 목소리로 웅얼거리듯이 말한다.
"히익!"
예서의 눈이 휘둥그레졌다. 할머니가 말을 했다. 지금까지 할머니는 말을 할 줄 모른다고 생각했는데! 할머니의 목소리는 들을 수 없을 줄 알았는데!
"할머니! 말…… 할 줄 알았어?"
할머니가 고개를 끄덕이자 눈물이 툭툭 떨어졌다.
"할머니, 왜 울어? 응? 이렇게 말도 할 줄 아는데 왜 울어?"
예서는 할머니의 얼굴을 잡고 눈물을 닦아주었다.
"할머니 울지 마. 왜 그 동안 말 안 했어?"
할머니는 고개를 절레절레 흔들었다.
"아무도…… 몰라."
예서는 단번에 알아차렸다. 할머니의 말이 이상하다는 것을. 어눌한 말투, 어설픈 발음. 너무 오랫동안 말을 하지 않아서 그런 걸까? 놀라움이 한 꺼풀 가시자 어색한 기운이 예서를 휘감았다. 이것은 마치…… 외국 사람과 말하는 것 같다고나 할까? 학교에서 영어

part. 1 할머니의 세상 .61

수업을 하는 원어민 선생님이 이런 식으로 말했던 것 같은데.

"할머니, 아무한테도 말 안 할게. 할머니가 말을 할 수 있다는 것도, 이름이 하나코라는 것도 아무한테도 말 안 할게. 그러니까 말 해줘. 조금만이라도 말 해줘."

할머니는 눈물이 맺힌 눈으로 예서를 마주 보았다. 말해야 할까? 50년이 넘게 아무에게도 하지 않은 이야기를?

예서가 할머니의 손을 잡았다.

"내가 먼저 말할게. 할머니."

예서는 할머니에게 아오에 대해 이야기했다. 할머니가 과연 아오를 알고 있을지, 소녀 시절에 만났던 아오를 기억하고 있을지 모르지만 예서는 아오에 대해 말했다.

"그 파란 도마뱀 아오가 바다에서 갖고 온 것이 있어. 붉은 산호래. 아오는 쓰나미를 만나서 고향인 바다로 돌아가지도 못하고, 산호도 잃어버렸대. 그런데 그 산호를 할머니의 머리 장식에서 봤대. 그래서 할머니를 따라 배를 타고 바다를 건너왔대. 난 이게 무슨 말인지 하나도 모르겠어. 아오는 할머니를 하나코라고 불렀어. 할머니는 한국 사람인데 왜 하나코라고 부르냐고 물었더니 할머니는 일본 사람이래. 하나코라는 이름은 부모님이 주신 이름이라 아오는 하나코라는 이름 말고는 모른대. 이게…… 할머니는 이해가 돼? 나는 전혀 모르겠어. 그래서 할머니한테 직접 물어보기로 한 거야."

파란색 도마뱀. 알고 있다. 시선을 돌리면 시야 끝에 걸리던 그것이 도마뱀인지 정확하지는 않았지만 파란 무언가가 있다는 것은 알고 있었다. 하지만 신경 쓰지 않았지. 고작 그런 것에 신경을 쓸 여력이 없었지.

손녀의 입에서 하나코라는 이름이 나오는 순간, 그동안 보이지 않던 실에 매달렸던 것처럼 그녀는 과거로 돌아갔다. 꽃 같은 소녀 시절.

"하나코."

다정하게 이름을 부르는 아버지. 하나코는 알고 있었다. 아버지는 언니보다 막내딸인 자신을 더 어여뻐 여긴다는 것을. 아버지의 목소리를 듣고 뒤를 돌아보자 아버지가 하나코에게 무엇인가를 내밀었다. 보자기에 싸인 선물을 풀자 붉은 산호가 박혀 있는 소박한 머리 장식이 보였다. 아름다웠다. 머리 장식을 받아 든 하나코는 아버지를 보며 활짝 웃었다.

"여보, 어디에서 이런 것을……."

기뻐하는 하나코와 다르게 어머니는 난색을 표했다. 전쟁이 한창이던 시기 이 머리 장식은 사치품으로 간주 될 것이다.

"보름 뒤에 있을 유키에의 혼례에 사용하거라."

하나코는 아버지에게 받은 머리 장식을 소중하게 품었다. 요즘 같은 때 쉽게 볼 수 없는 장식품이다. 전쟁으로 모든 세간을 갖다 바쳐야 했다. 머리 장식은 그야말로 사치품이었다.

보름 후에 있을 둘째 언니 유키에의 혼례.

전쟁 중이라 남아 있는 것이 없었지만 나이가 찬 여식의 혼례를 더 이상 미룰 수가 없었다. 유키에 언니는 꽃같이 어여쁘겠지.

머리 장식. 알고 있다. 그것은 일본에서 조선으로 건너오기 전 아버지에게 받은 선물이었다. 하나코에게는 언니가 둘 있었다. 첫째 언니 미도리는 하나코가 태어난 지 얼마 되지 않아 지진으로 죽었다. 하나코는 언니 미도리의 얼굴을 기억하지 못 했다. 둘째 언니 유키에만이 가끔 미도리의 이야기를 들려주곤 했지만 유키에 외에는 누구도 미도리의 이야기를 꺼내지 않았다. 둘째 언니 유키에의 혼례가 얼마 남지 않았다. 하나코는 생각했다. 나도 언젠가는 언니처럼 나를 아껴주는 남자를 만나 사랑하고 결혼하겠지.

 하지만 언니는 행복하지 못했다. 하나코는 세상에 하나 밖에 남지 않은 언니의 결혼식을 끝까지 지켜보지 못했다.

 1936년 11월. 전쟁 중임을 감안해 유키에의 소박한 결혼식이 시작되었다. 바닷가에 인접한 하나코의 마을은 바다에 행복과 다산을 기원했다. 하얀 예복인 시로무쿠를 차려입고 와타보시 사이로 언뜻언뜻 보이는 붉은 입술의 하나요메(신부) 유키에. 행렬의 가장 앞에는 무녀와 신관이 서 있었고 그다음에는 신랑과 신부가, 그 뒤에는 부모님이 걸어가고 있었다. 하나코는 부모님의 뒤에 서서 천천히 걸어갔다. 가까운 친척만 초대된 적은 인원의 행렬이었다. 하나코가 본 유키에는 평소와 다르게 신비로워 보이기까지 했다. 날씨도 화창했다. 11월이지만 쾌청한 날씨와 소박하고 짧지만 축복을 빌어주는 결혼식에 모두들 마음이 들떴다. 사람들의 시선이 새로운 인생을 시작하는 신랑과 신부에게 고정되어 있었다. 그래서 아무도 눈치채지 못했다. 신랑에 이어 신부가 합환주를 마시고 있을 때였다. 바다로 밀려갔던 바닷물이 큰 물기둥을 이루어 순식간에 마을로 쏟아졌다. 결혼식을 진행하고 있던 신사에도 바닷물이 밀려왔다. 쓰나미다. 결혼식장은 한순간에 아수라장으로 변했다. 아버지는 가까이 앉아 있던 하나코의 팔을 잡아당겼다. 그리고 다른 손으로는 근처에 있던 신사의 기둥을 껴안았다. 하나코는 기둥과 아버지 사이에서 정신을 잃었다. 다행이라고 할 수 있을지 모르지만 혼례가 치러진 신사는 마을에 비해 높은 지대에 위치해 있었다. 그래서 마을 사람들보다 더 많은 사람이 살아남을 수 있었을지도 모른다. 하나코가 눈을 떴을 때는 신사에 있던 사람들 대다수가 정신을 차린 후였다. 하지만 그러지 못한 사람도 있었다. 몇은 물에 휩쓸려 마을까지 떠내려간 사람도 있었고, 실종된 사람도 있었다. 유키에가 그중 하나였다. 정신을 차려보니 신부가 사라졌다. 구사일생으로 목숨을 건진 사람들은 서로를 보며 안도했지만 신부와 친척 몇몇이 사라졌다는 사실을 깨닫고 경악했다. 행복을 빌어주고 다산을 기원해 주던 결혼식은 초상집으로 변했다. 부상자가 발생하고, 없어진 가족을 찾느라 목이 쉬도록 신사를 뒤지고 다녔다. 하나코 역시 유키에를 찾았다. 어머니는 물살에 떠밀려 어디에 부딪혔는지 숨을 제대로 쉬지 못하고 가슴 통증을 호소했다.

"갈비뼈가 부러진게야."

아버지가 어머니를 가만히 땅에 내려놓으며 말했다.

"움직이지 마. 그러면 더 아파. 하나코, 너는 어떠냐?"

"나는…… 나는 괜찮아요."

"어머니 옆에서 움직이지 말거라. 내가 마을로 내려가 유키에를 찾아보마."

아버지는 하나코에게 어머니를 보살펴 달라고 말하고 서둘러 신사를 빠져나갔다.

누워있던 어머니가 하나코의 기모노 자락을 움켜잡더니 작은 소리로 중얼거렸다.

"하나요메(신부)가 없어지다니 불길해. 징조가 불길해."

하나코는 아무 말도 할 수가 없었다. 알고 있다. 차마 입 밖으로 꺼내 말하지 못했을 뿐이다. 신부가 사라졌다. 불길하다는 것은 어린아이도 알 것이다.

 아버지가 유키에와 함께 돌아오길 기다렸지만 집에 돌아온 것은 아버지뿐이었다. 마을로 내려가는 산길에서도 사람이 발견됐고, 마을로 떠밀려온 사람도 발견됐지만 유키에는 없었다.

 집에는 불안의 그림자가 짙게 드리워져 있었고, 아버지는 유키에를 찾아 사방을 수소문하고 다녔다.

 머리 장식을 찾은 것은 쓰나미를 겪고 며칠이 지난 뒤였다. 하나코는 워낙 경황이 없어 머리 장식을 잃어버린 것도 몰랐다. 초상집으로 변해버린 혼례식에서 물건을 정리하던 중에 머리 장식이 나왔다며 아버지가 갖다주었다. 붉은 산호가 박힌 머리 장식을 보자 유키에 언니가 떠올랐다. 언니는 지금 어디에 있을까? 살아 있을까?

 열흘 뒤 시로무쿠를 입은 시신이 옆 마을 바닷가에서 발견됐다. 소식을 들은 아버지는 한걸음에 옆 마을로 달려갔다. 바닷물에 휩쓸려 언니는 이렇게 먼 거리까지 갔던 것일까? 어머니와 하나코는 시로무쿠를 입은 시신을 볼 수 없었지만 집에 돌아온 아버지의 안색을 보니 아마도 유키에가 맞는 것 같았다. 아버지는 비통한 표정으로 집에 돌아왔다. 그리고 하나코를 불렀다. 방에는 누워있는 어머니, 하나코, 그리고 아버지가 앉아 있었다.

"조선으로…… 떠난다."

꿈에서조차 생각지 못한 소리에 어머니와 하나코의 눈이 마주쳤다.

"조선……."

"그래, 조선."

아버지가 입을 다물자 턱의 근육이 경직되었다.

"옆 마을의 시신은 유키에가 맞을 것이다. 물에 퉁퉁 붓고, 얼굴의 일부를 물고기가 뜯어 먹었지만 아마…… 맞을 거야. 그 아이는 시로무쿠를 입고 있었고, 오른 발목이 잘려 있었다."

아버지의 눈에 눈물이 맺히기 시작했다. 혼례를 치르던 중 바닷물에 휩쓸려 사라진 딸이 시신으로 돌아왔다. 아버지는 말을 잇는 것조차 고통스러워 보였다.

"난…… 이 땅에서 딸을 둘이나 잃었다. 그리고 동생도 잃었지."

아버지가 고개를 돌려 하나코를 보며 말을 이었다. 아버지의 눈에서는 눈물이 흘러내렸다.

part. 1 할머니의 세상 .69

"다른 사람들은 지진을…… 그렇게 받아들이지만…… 나는…….”

아버지의 고개가 떨어졌다. 눈물도 함께 떨어졌다. 하나코는 아버지가 우는 모습을 처음 보았다.

"나는 그럴 수가 없다. 나는 더 이상 딸을 잃을 수가 없다. 이 땅이, 이 바다가 내게 딸을 빼앗아 간다면…… 이제는 내가 이 땅을 떠난다.”

"하지만 여보, 조선이라니요……. 바다가 싫다면 내륙으로…….”

"우리가 미도리를 어떻게 잃었는지 잊었소?"

아버지의 반문에 어머니는 다시 입을 다물었다. 침묵이 무겁게 내려앉았다. 눈치를 보다가 하나코가 말했다.

"……조선은 어디에 있어요?"

"조선은…… 서쪽에 있다. 듣기로는 조선의 겨울은 일본보다 혹독하게 춥다더구나. 그래서 우리는 겨울을 나고 봄이 오면 조선으로 건너간다.”

"여보, 우리가 조선으로 건너가 무엇을 해 먹고 사나요?"

아버지가 누워있는 어머니를 따뜻한 시선으로 바라보며 말했다.

"이 나라가 있지 않소. 당신이 불안해하는 것도 이해한다오. 일본 정부가 아직 공식적으로 발표하진 않았지만 앞으로 일본 국민을 대거 이주시킬 거라는 정보가 돌고 있소. 우리는…… 다른 사람보다 조금 일찍 가서 미리 터를 잡아놓읍시다. 조금 더 일찍 시작한다고 생각하시오."

"하지만 여보, 우리 가족들이 모두 여기 있어요."

"알고 있소. 나도 알아. 하지만 나는 지진이 지긋지긋해. 딸을 모두 잃기 전에 나는 이곳을 떠나고 싶소. 듣자 하니 조선이라는 곳은 지진이 없다고 하오. 게다가 일본 국민에게 호의적이라 하더이다. 여보, 우리는 이 곳을 떠날 거요."

하지만 이듬해에도 그 이듬해에도 하나코는 조선이라는 땅으로 갈 수 없었다. 1937년 중일전쟁이 시작되었고 어머니는 전쟁 중인 나라에는 갈 수 없다고 완강하게 버텼다. 아버지는 전쟁 중인 곳이 조선이 아니라고 말했지만 어머니는 듣지 않았다.

"지진이 아니라 전쟁으로 죽을 거에요!"

하지만 하나코가 보기에 어머니는 단지 조선이라는

곳으로 가고 싶지 않은 것 같았다.

중일 전쟁이 일본의 승리로 끝났다. 사람들은 승리감에 도취되었다. 황국이 승리했다. 남자로 태어나 군인이 되고 나라를 위해 싸우는 것이야말로 소임을 다하는 것이다. 그것만이 자랑스러운 국민이 되는 것이다. 애국심이 넘실거렸다.

하지만 하나코의 아버지인 이치로는 달랐다. 그는 어느 정도 실리적인 사람이었다. 지금은 승승장구하지만, 이 전쟁도 언젠가는 끝이 날 것이고 누가 승리할지는 알 수 없는 일이었다. 이치로는 입을 다물고 조용히 사태를 관망했다. 중일 전쟁의 승리를 기점으로 일본은 물밀듯이 중국과 조선으로 건너가기 시작했다. 이치로는 지금이 떠나야 할 때라는 것을 알았다. 소문으로 들려온 조선은 일본 열도에 비해 풍부한 지하자원과 값싼 노동력을 얻을 수 있다고 했다. 하지만 항상 발목을 잡는 것은 아내 오후지였다. 아내는 조선으로 떠나는 것을 두려워했다. 이치로는 아내를 설득해야 했다. 여보, 불과 얼마 전에도 오가에서 또 지진이 일어났다고 하지 않소. 나는 더 이상 당신도, 하나 남은 딸인 하나코도 잃고 싶지 않소. 조선에는 일본인 거주 지역이 있다하니 걱정할 것 없소. 이치로는 끈기를 갖고 아내를 설득했다. 마침내 오후지가 이치로의 청을 받아들인 것은 해가 넘어간 1939년이 시작되고도 몇 개월이 흘러서였다.

"조선에는…… 조선인들이 많군요."
 조선으로 건너온 뒤 오후지는 급격하게 움츠러들었다. 원래도 외향적인 성격은 아니었지만 아는 사람 하나 없는 이국땅을 밟자 마음 둘 곳을 찾지 못하고 안으로만 숨어들었다. 이러한 불안은 오후지에게서만 끝나는 것이 아니라 하나코까지 끌어들였다.
"밖에 나가면 안 돼. 조선인들이 우글거리잖니."
 의아했다. 이곳은 일본이 아니다. 조선인이 조선 땅에 사는 것이 당연한 것 아닌가?
"그래도 지금은 많이 줄었어요. 처음에 조선으로 건너왔을 때는 정말 조선인들이 많았지요."
 사토미가 오후지의 팔을 토닥이며 말했다. 하나코는 사토미의 입을 통해 흘러나온 말이 어딘지 이상하다고 느꼈다.
"어떻게 지냈어요? 지난…… 몇 년 동안…… 고향이

그립지 않았나요?"

사토미가 다 알고 있다는 듯이 눈을 감고 고개를 끄덕였다.

"그렇지요. 왜 안 그랬겠어요. 조선인들은……"

사토미가 단어를 고르는 것처럼 고개를 갸웃하고 입술을 삐죽 내밀며 말을 이었다.

"음…… 야만적이라고 해야 하나? 고마움을 모르는 족속들이거든요."

"아……"

"그래요, 맞아요. 딱 그 말이에요. 고마움을 몰라요. 우리 덕에 이 정도로 발전했다는 것을 도통 인정하려 들지 않아요. 음…… 미개한 족속들인데……"

"조선인들은 어디로 갔나요?"

하나코가 사토미의 말을 자르며 물었다.

"응?"

"여기는…… 조선 땅인데 지금은 많이 줄었다면서요? 그러면…… 조선인들은 다 어디로 갔어요?"

"어……, 글쎄. 그것까진 모르겠네. 없어졌으면 다행이지. 신경 써야 하나?"

사토미가 눈을 접으며 웃었다. 벌어진 입술 사이로

고르지 못한 치열이 드러났다. 사토미는 금세 다른 이야기를 하며 화제를 돌렸다. 그리고 얼마 후 동행했던 여동을 데리고 총총총 걸으며 집으로 돌아갔다.

같은 일본인 거주 지역에 살고 있는 사토미가 돌아가자 오후지는 다시 방 안에 틀어박혔다. 어머니의 생활은 요즘 이런 식이다. 일본인을 만날 때면 잠깐 얼굴을 내밀지만 그 외에는 방에만 있었다. 자연스럽게 하나코는 혼자가 됐다.

"······조선인들은 만주로 이주했다."

어제 사토미가 남긴 말이 영 마음에 걸렸다. 하나코는 다음 날 아침 집을 나서는 아버지의 기모노 자락을 붙들고 용기 내어 물었다. 딸의 질문을 들은 아버지의 턱 근육이 꿈틀거렸다.

"만주요? 만주는 어디에 있나요?"

"하나코, 네가 관심 가질 문제가 아니다."

아버지가 고개를 돌렸다.

"너는 몸을 바르게 하고, 이 애비가 점지어 준 남자랑 혼인하고 살면 돼. 조선인들이 어디로 이주했던 너와는 관계없다."

단호한 아버지의 말에 하나코는 더 이상 물을 수가 없었다. 그 후로 하나코는 일본인 거주지역에 머물며 아버지나 어머니에게 단 한 번도 조선인에 대해 묻지 않았다.

그런데 시간이 지날수록 호기심을 끄는 대상이 있었다. 매일같이 집에 놀러오는 사토미가 대동하고 다니는 여동이었다. 하얗고 짧은 상의와 길고 검은 치마를 두른 여자아이. 조선인이 입고 다니는 의복은 기모노와는 달랐다. 그 생김새가 무척이나 특이했다. 펑퍼짐한 치마를 입고 오는 여동은 하나코와 비슷한 나이이거나 한 두 살 어려 보였다. 그 아이는 항상 눈을 내리깔고 사토미의 뒤를 따라왔는데 하나코와 다르게 장신구 하나 없이 전혀 꾸미지도 않고 얼굴에 표정도 없었다. 하나코는 이 아이에게 관심이 갔다. 맑은 눈의 또래 여자아이. 그 아이는 사토미의 뒤를 따라 집에 들어왔지만 쥐도 새도 모르게 사라졌다. 그리고 사토미가 집에 돌아갈 때 이름을 부르면 어디선가 튀어나왔다. 일본인 거주지역에 있는 또래 일본 여자아이들과는 확연히 다른 아이. 하나코는 이 여자아이가 항상 집 뒤편으로 사라진다는 것을 확인하고 기다리기로 했다.

 사박사박

 가벼운 발걸음 소리가 난다. 그 여자아이일까? 하나코는 모퉁이에서 기다렸다가 소리가 가까워지자 슬쩍 몸을 내밀었다.

"힉!"

 놀라서 숨을 들이켜는 소리. 그 여자아이다.

"쉿!"

 하나코는 검지를 입으로 갖다 댔다. 그리고 재빨리 손을 뻗어 여자아이의 손목을 낚아챘다. 여자아이는 하나코의 힘에 이끌려 집 뒤편으로 끌어당겨졌다. 하지만 다음은 하나코의 예상대로 흘러가지 않았다. 여자아이는 하나코를 보더니 냅다 바닥에 엎드렸다. 두 손으로 흙바닥을 짚더니 이마가 땅에 닿도록 머리를 숙이며 말했다.

"죄송합니다, 아가씨. 아가씨가 여기 계신 줄 몰랐어요. 잘못했습니다. 제발 살려주세요."

 제법 능숙한 일본어로 말하는 여자아이. 놀란 것은 하나코였다.

 나는 단지 이야기가 하고 싶었을 뿐인데, 이 아이는

왜 나에게 살려달라고 하는 것일까? 하나코가 여동을 향해 쪼그리고 앉았다. 나팔꽃이 그려져 있는 유카타가 땅에 끌렸다.

"왜 그래? 일어나."

하지만 여자아이는 일어나지 않았다. 고개도 들지 않았다. 하나코는 팔을 뻗어 하얗고 짧은 상의를 입고 있는 여자아이의 팔을 잡고 일으켜 세우려 했다. 그럼에도 여자아이는 겁에 질린 목소리로 하나코에게 살려달라고 애원할 뿐이다.

"죄송합니다, 아가씨. 이곳으로 다시는 오지 않을게요. 정말 잘못했습니다."

"괜찮아. 이곳에 와도 괜찮아. 나는 너를 기다리고 있었는걸!"

대답을 들은 여동은 아무 말도 하지 않고 엎드려 있다. 왜 일어나려고 하지 않는 것일까?

"일어나. 그리고 여기에는 언제든 와도 좋아. 알았지? 이제 일어나."

하나코는 최대한 부드러운 목소리로 말했다. 여자아이가 겁을 먹는 것이 싫었다. 하나코는 다시 한번 여자아이의 팔을 잡으며 말했다.

"나는 너랑 이야기가 하고 싶었어. 그러니까 일어나. 응?"

하지만 하나코의 말을 들은 여자아이는 어쩐 일인지 더 깊숙이 머리를 숙이더니 말했다.

"아가씨……, 저랑 말을 섞으면 안 돼요. 저 같은 것이랑 이야기를 나누면 안 돼요."

하나코는 눈을 깜박였다. 왜? 왜 말을 하면 안 된다는 걸까?

"왜?"

"……저는 황국의 신민과 말을 나눌 수 없어요. 부탁이에요, 아가씨. 저를 보내주세요."

단호하게 말하는 여자아이의 목소리를 듣자 하나코는 더 이상 이 아이를 붙잡고 있을 수가 없었다. 잡고 있던 팔을 스르륵 놓았다. 여자아이는 고개를 조아리고 사라졌다. 아이의 무릎과 팔꿈치, 턱에는 흙이 묻어 있었지만 털어낼 생각조차 하지 못하고 서둘러 사라졌다. 모퉁이를 돌아 도망치듯 사라진 아이의 치맛자락을 보자 하나코는 허탈했다. 내가 뭘 어찌했다고 저 아이는 저렇게 겁을 먹고 도망칠까? 하나코는 다리에 힘이 빠져 풀썩 그 자리에 주저앉고 말았다.

그 후 하나코는 어머니와 사토미의 담소 자리에 조용히 앉아 있었다. 하지만 대화의 내용이 귀에 들어오지 않았다. 멍한 눈으로 조금 전에 있었던 일을 곱씹고 있었다. 왜 그 여자아이는 납작 엎드려서 하나코에게 벌벌 떨었을까? 일본은 조선의 근대화에 힘써주고 있는데. 조선의 발전을 돕고 있는데. 그럼에도 여자아이와 나눈 짧은 대화에서 무엇인가 이질적인 느낌을 지울 수가 없었다. 그 아이가 뭐라고 했더라? 그때 어머니와 이야기를 나누던 사토미의 목소리가 들려왔다.

"그래서 그 아이에게 태형을 내렸답니다. 황국의 신민에게 감히. 그 아이와 부모는 불령선인이 분명해요."

 멍하게 허공을 응시하던 눈에 불현듯 깨달음의 빛이 스쳤다. 황국의 신민! 그래, 그 여자아이도 그런 말을 했다. 황국의 신민. 하지만…… 뜻과는 다르게 묘한 다른 느낌이 섞여 있었다. 그 자리에서는 당연히 몰랐다. 알아차릴 수 없을 정도로 교묘했지만 되새기니 뭔가 께름칙했다. 하나코는 무릎으로 기어 앞으로 조금 나아갔다.

"사토미상."

어머니와 대화를 나누던 사토미가 고개를 돌려 하

나코를 바라보았다.

"방금 말씀하신 불령선인이 무엇인가요?"

하나코의 질문을 들은 어머니와 사토미가 인상을 찌푸렸다.

"하나코, 그런 건 몰라도 돼."

어머니가 말했다. 하지만 사토미는 고개를 저었다.

"아니에요. 하나코도 알아야죠. 앞으로 조선에 있을 건데……."

사토미가 검지를 들어 올리며 말했다. 어머니는 못마땅한 표정으로 사토미를 바라보았다.

"우리 일본인에 대항하고 말을 안 듣는 조선인을 말해요. 불순분자들이죠."

"그들이 왜 우리에게 대항하죠?"

"그렇죠. 나도 이해가 되질 않아요."

사토미가 웃으며 말을 이었다.

"우리 일본제국은 이 덜 떨어진 미개한 조선인을 교화시켜주고 있잖아요? 그런데 고마워하기는커녕 우리가 조선을 불법으로 점령했다고 떠들고 다니죠. 조선이 누구 덕에 이 정도가 됐는지 몰라요. 그들은 고마움이라는 모르는 족속들이에요."

"우리가 조선을 불법으로 점령했다고요?"

하나코의 물음에 사토미가 대답하려고 입을 열었지만 어머니가 빨랐다.

"하나코, 오늘은 이만 됐으니 네 방으로 건너가라. 할 일이 남아 있잖아."

할 일이라니. 그런 일은 없었다. 조선으로 건너온 뒤 하나코의 일상은 지겹도록 따분했고 해야 할 일 따위는 없었다. 하지만 어머니가 전하는 바는 분명했다. 더 이상 대화에 끼지 마라. 하나코가 어머니와 사토미에게 고개를 숙이고 방을 나서기 위해 일어섰을 때 사토미가 말했다.

"저도 이제 가 봐야겠네요. 또 올게요."

사토미는 자리에서 일어서더니 다다미방을 나와 작은 마루에서 허공을 향해 이름을 불렀다.

"전순!"

하나코는 일부러 느릿느릿 움직이며 사토미를 배웅했다. 사토미의 목소리를 들은 여동이 어디에선가 튀어 나왔다. 검은 치마와 짧고 하얀 상의는 탈탈 털었는지 흙 따위는 없었다.

저 아이의 이름은 참으로 특이하구나. 전순이라니.

연기처럼 피어오르는 옛 기억에 화자는 정신이 아찔해졌다. 잊고 지낸 지 몇십 년의 세월이 흘렀지만 맑은 눈의 여자아이의 얼굴은 기억을 더듬을수록 선명해졌다. 그 아이의 이름은 전순이 아니었다. 그것은 일본인의 조악한 발음이었다. 아이의 이름은 윤점순이었고, 하나코 역시 끝내 이 이름을 정확하게 발음하지 못했다.

 초점을 맞추자 점순과 같은 맑은 눈으로 자신을 올려다보고 있는 손녀딸이 보인다. 언제 이렇게 자랐을까? 언제 이렇게 똘똘해졌을까? 하지만 나는 그러지 못했다. 나는 나를 겹겹이 둘러싼 거짓의 벽을 한참 동안이나 알아차리지 못했다.

"나는…… 나는 일본에서 왔다."

 오십 년 가까이 다물고 있던 입이 열렸지만 낯선 목소리가 들려올 뿐이다. 어눌한 말투와 부정확한 발음. 일본에서 왔지만 일본인이라고 말하고 싶지 않았다. 나는 일본에서 지내온 시간보다 이 곳 조선에서 지낸 시간이 몇 곱절이나 더 길었다. 조선 땅에서 혼인을 하고 아이를 낳았다. 조선 사람들과 매일 부딪히며 살아왔고, 피난길을 떠났으며, 전쟁을 겪었다. 이런 내가 일본인이라고 말할 수 있을까? 그렇다고 조선인이라고는 말할 수 있을까?

가까스로 연 입으로 말을 끝내자 손녀의 눈이 커졌다.

"……할머니, 진짜 일본 사람이었어?"

화자는 아무 표정도 없는 얼굴로 고개를 끄덕였다.

"그럼…… 아오 말이 맞는 거네?"

"아오……."

"응, 파란색 도마뱀. 그럼 아오가 말했던 붉은색 산호도 정말 할머니가 갖고 있었어?"

할머니가 주춤거리며 고개를 끄덕였다. 이럴 수가. 아오의 말은 진짜였다.

"할머니, 그거 어디 있어?"

예서가 다급하게 물었다. 하지만 할머니는 선뜻 대답하지 못했다. 눈동자가 흔들렸다.

"응? 그거 어디 있어, 할머니?"

"……모, ……몰라."

"왜? 잃어버렸어?"

할머니는 예서의 얼굴을 들여다보더니 머뭇거리며 고개를 끄덕였다.

"언제?"

언제인지 묻는 예서의 물음에는 고개를 가로저었다. 물론 언제인지 기억하고 있다. 하지만 찾을 수 없을 것이다. 아버지에게 받은 머리 장식이 하나코의 손을 떠난 지 벌써 30년 가까운 시간이 흘렀다. 찾을 수 없을 것이다.

예서는 입을 다물었다. 그리고 천천히 할머니의 얼굴을 훑어보았다. 아이답지 않은 침착함으로 예서는 할머니를 조용히 관찰하더니 마침내 입을 열었다.

"할머니는 왜 그동안 말을 안 했어?"

예상치 못한 질문에 화자는 쉽게 대답할 수 없었다.

"나는 할머니가 지금까지 말을 못 하는 줄 알았어. 그런데 할머니는 말도 하고 목소리도 나오잖아. 왜? 왜 지금까지 말을 안 했어?"

이 아이에게 무어라 말한단 말인가, 무어라 설명한단 말인가. 이 순진한 아이는 아무것도 알지 못한다. 아무것도.

"아가씨, 제발 부탁이에요. 우리 오빠를 살려주세요."

그날도 다른 날과 마찬가지로 사토미가 여동을 대동하고 하나코의 집에 도착했다. 사토미에게 인사를 한 하나코는 한때 화려했을 유키에의 테마리(일본 전통 공)를 들고 집 뒤뜰로 향했다. 뒷마당에 내려선 지 채 5분도 되지 않았을 때 자박자박 급한 발소리가 들렸다. 하나코는 소리가 나는 방향으로 고개를 돌렸다. 점순이 급한 걸음으로 하나코를 향해 오더니 바닥에 바짝 엎드렸다. 그러고는 억눌린 목소리로 말을 쏟아냈다.

"아가씨, 부탁이에요. 저희 오빠를 살려주세요. 아가씨, 제발 부탁드려요. 우리 오빠를 살려주세요."

하나코는 어안이 벙벙해졌다. 이 아이는 사토미의 식솔이었다. 그리고 얼마 전 하나코에게 대화를 할 수 없다며 말을 걸지 말라고 했던 아이가 아닌가. 하나코는 당황스러움에 눈을 깜박였다.

"……무슨 일이야?"

"저는……, 저는……, 아니, 저희 오빠가……, 오빠는……."

항상 당차 보이던 아이는 말을 더듬고, 흥분해 있었다. 하나코는 테마리를 내려놓고 아이에게 다가갔다.

"무슨 말인지 모르겠어. 천천히 말해 줄래?"

"아……, 아가씨. 제가 아가씨에게 이런 말을 하면

안 되는데……, 그런데 저희 오빠가……."

"오빠가 있었구나."

"네, 오빠가 하나 있어요. 오빠는 아가씨의 아버님이 하시는 나나우미 건설에서 일해요. 그런데 오빠가……, 오빠가 도둑으로 몰렸어요. 오빠는…… 절대 그럴 사람이 아니에요. 절대……."

"전순의 오빠가 우리 아버지가 경영하는 회사에서 일했니?"

하나코가 점순을 향해 물었다. 점순은 흙바닥 위로 쫙 펼쳤던 손가락을 오므려 주먹을 쥐었다. 저러면 손이 상할 텐데……. 하나코는 점순이 이를 악물고 있다고 느꼈다. 고개를 숙인 채로 끄덕이는 점순의 아래로 투두둑 눈물이 떨어졌다.

"네, 사토미상이…… 소개해주셨어요."

"그랬구나. 전순의 오빠는 지금 어디에 있어?"

"모르겠어요. 여기 오기 전에 사토미상이 통화하는 것을 잠깐 들었을 뿐이에요. 조선인이 도둑질을 하다 걸리면 손목을 잘리거나 두들겨 맞아요. 죽을 때까지 두들겨 맞아요. 우리 오라버니는 절대 도둑질 할 사람이 아니에요. 아가씨, 오빠를 구해주세요."

하나코는 손을 뻗어 점순의 팔을 잡았다.

"아버지가 돌아오시면 말씀드릴게. 그러니까 일어나."

하나코는 부드럽게 말했다. 하지만 점순은 일어나지 않았다. 고개를 숙이고 눈물을 뚝뚝 흘리며 연신 오빠를 구해달라고만 할 뿐이었다. 이윽고 집 앞쪽에서 점순을 부르는 사토미의 목소리가 들렸다. 오늘 사토미는 평소와 다르게 일찍 집으로 돌아가려나 보다. 오빠를 구해달라고 내내 울부짖던 점순은 주인의 목소리가 들리자 벌떡 일어서더니 치마와 상의에 묻은 흙을 털어냈다. 그리고 소매로 얼굴을 문질러 눈물을 닦고 하나코에게 다시 말했다.

"아가씨, 부탁드려요."

흥분은 가라앉았지만 점순의 눈은 퉁퉁 부어 있었다. 하나코는 그런 점순에게 아무것도 해 줄 수 없었다.

점순은 깊이 허리를 숙인 뒤 뒤돌아 타박타박 소리를 내며 뛰어갔다.

하나코는 그 모습을 멍하니 바라보았다. 저 아이는 방금 자신의 발치에 머리를 조아리며 오빠를 살려달라고 애원했다. 눈물로 얼룩진 얼굴로 감정을 추스르기도 전에 주인의 부름을 받고 뛰어가던 아이. 그 마음이 어떨까. 살랑거리는 바람이 불어오자 오색실로 장식한, 한 때 화려했을 테마리가 하나코의 발치로 굴러왔다.

"전순의 오빠가 아버지 회사에서 일한다면서요? 오늘 그가 도둑으로 몰렸대요."
 하나코의 말을 들은 이치로는 내 인생에 딸이 있다는 것을 마치 오늘 처음 알게 된 사람의 표정으로 하나코를 바라보았다. 하나코는 가능하면 침착하려 노력했지만 손이 바들바들 떨렸다. 아버지가 하시는 일에 관심을 가져서는 안 된다. 딸은 그렇다. 조용히, 얌전히 자라서 아버지가 맺어준 인연과 혼인하면 그만이다. 절대 남자들의 일에 관여해서는 안 된다. 하나코는 일생일대의 용기를 내는 중이었다.
"누구한테 그런 소리를 들었니?"
 오후지가 날카로운 목소리로 하나코를 향해 물었다. 하나코는 잠시 어머니를 바라보다가 다시 아버지에게 시선을 돌렸다. 그리고 아버지의 눈을 마주 보며 말했다.
"아버지는 그가…… 도둑질할 사람이라고 생각하세요?"

입을 다물고 있는 아버지 대신 어머니가 새된 목소리로 대답했다.

"조선인이잖아! 그들은 무지하고 가난해! 조선인 중 누가 도둑질을 해도 이상할 것이 없지. 다 손목을 비틀고, 다시는 도둑질을 하지 못하도록 두들겨 맞아야 해. 그래도 그 버릇은 고쳐지질 않아!"

어머니는 알고 있는 것이다. 도둑질한 조선인이 어떤 처벌을 받는지. 집 밖으로 나가지 않고 조선인과 대면한 적이 없지만 분명 알고 있다고 하나코는 생각했다.

"어머니는 이 저택에 갇혀 한 번도 조선인을 만난 적이 없잖아요."

"내내 사토미의 말을 들어 왔잖아. 몰라서 물어?"

하나코는 쉽게 납득이 되지 않았다. 한 번도 조선인과 대화를 나눠 본 적 조차 없는 어머니가 왜 이리 조선인을 증오하는 것일까?

"둘 다 조용히."

아버지가 입을 열었다. 하나코는 아버지를 바라보았다. 아버지는 이해할 수 없다는 표정으로 어머니를 보시더니 하나코에게 시선을 옮겼다.

"그를 만난 적이 있느냐?"

"아니요."

"그렇다면 왜 그가 도둑이 아니라 도둑으로 몰렸다고 말하는 거지?"

대답에 앞서 하나코는 잠시 망설였다. 아버지는 하나코의 대답을 기다리고 있었다.

"전순의 말을 들었을 뿐이에요. 전순은 사토미상의 식솔이죠. 그 아이가 자신의 오빠를 살려달라고 제게 무릎 꿇고 빌었어요."

"조선인들은 항상 개처럼 빌고 줏대 없이 들러붙지."

오후지가 더러운 것을 내뱉는 것처럼 말했다.

"하나코의 말대로 당신은 조선인을 만난 적이 없잖소. 그런데 왜 이렇게 경멸하지?"

아버지의 말에 어머니의 얼굴이 빨개졌다.

"보지 않아도 알 수 있는 것들이 있죠. 굳이 살 부딪히며 살지 않아도 난 알아요."

"하아-."

아버지가 작게 한숨을 내쉬었다.

"아버지, 전순은 자신의 처지를 잘 알고 있어요. 그 아이는 어리지만 똘똘해요. 아버지가 조선인임에도 불구하고 그 아이의 오빠를 데려다 썼다면 그도 전순과 같을 거라고 생각해요."

"네 말대로 그가 똘똘하고 제 처지를 알고 있다면 왜 도둑질을 했겠니?"

오후지가 비아냥거리며 말했다. 이치로는 다시 아내 오후지를 힐끔 쳐다보았다.

"아직 모르는 일이요."

이치로가 오후지의 말을 끊어 내려는 듯이 힘주어 말했다. 오후지는 날 선 표정으로 남편을 바라보고 입을 다물었다.

"돈이 없어진 것은 맞아. 하지만 그는 금고에 가까이 갈 수 있는 사람이 아니라오. 오후지, 조선인이라는 이유만으로 그가 도둑이라는 억측은 그만두시오."

"그는 지금 어디 있나요?"

"일이 해결될 때까지 회사에 감금하기로 했다. 하지만 그를 억류하거나 체벌하지는 않았어. 하지만 말이란 게 말이다. 그는 조선인이다. 그가 만약 무고하더라도 조선인이라는 이유만으로 해코지를 당할 수도 있어. 난 그런 방법은 원치 않는단다."

"그가 누명을 벗지 못하면 어떻게 되나요?"

"정식으로 신고를 해야겠지. 하지만 누명인지 어떤지 아직 알 수 없단다."

정식으로 신고를 한다면 그가 조선인이라 받는 불평등은 없단 말인가? 공정한 재판을 받을 수 있단 말인가? 하나코는 아버지를 물끄러미 바라보았다. 아버지는 대답을 숨기고 있다. 아버지는 하나코의 질문에 대답을 하지 않았다. 하나코는 얕게 숨을 들이마시고 다시 질문했다.

"아버지는 그가 도둑질할 사람이라고 생각하세요?"

대화가 끝났다는 생각에 젓가락을 들려고 했던 아버지가 잠시 멈칫했다. 마침내 아버지가 하나코와 눈을 맞추며 대답했다.

"내 생각이 결과를 달라지게 하진 않는단다."

"알아요. 하지만…… 난 아버지의 생각을 물었어요. 아버지의 안목이 저보다는 나을 테니까요."

"내 생각을 묻는다면 말이다……, 나는 아니라고 생각한다. 그래서 그를 억류하지 못하게 한 것이란다."

"아……, 그렇다면……."

"잠깐, 하나코. 말했지만 내 생각만으로 결과를 도출하지 말거라. 이건 어디까지나 내 생각일 뿐이란다.

그는 어찌 됐든 내 회사에서 일하는 직원이고, 조선인이라는 이유로 그를 무조건 도둑으로 몰 생각은 없단다. 하지만 그렇다고 해서 그가 범인이 아니라고도 말할 수 없어."

"아버지는 왜 그가 범인이 아니라고 생각해요?"

"하아-."

이야기가 길어지자 아버지가 두 번째 한숨을 내쉬었다.

"그가 아니라 다른 사람을 의심하고 있단다. 금고에 가까이 갈 수 있는 사람. 그리고 돈이 필요한 사람. 권한과 목적이 있는 사람. 그가 융태용군을 밀고 했단다. 조선인이라는 이유로 말이다. 조선인의 급료는 일본인의 10분의 1밖에 되지 않아. 그리고 대부분 몸 쓰는 일을 하고 있지. 융태용군은 다른 조선인보다 나은 처우를 받고 있단다. 그리고 네 말대로 똘똘한 편이지. 그게 다른 사람의 질투를 샀을 수도 있어. 이게- 내 생각이란다."

아버지의 말을 들은 하나코가 다른 이야기를 하기 위해 입을 벌렸지만 아버지가 손을 들어 제지했다.

"이제 그만 하거라. 이미 많은 이야기를 했고, 저녁

식사 자리에서 나누기에는 적당한 화제가 아니란다. 난 더 이상 이 이야기를 하고 싶지 않구나."

"네."

하나코는 고개를 숙이고 작게 대답했다. 그리고 손을 들어 밥공기를 잡았다. 이 정도면 됐다. 내일 점순이 오면 아버지와 나눈 대화를 전해줘야지.

하지만 다음 날 점순은 하나코의 집에 오지 않았다. 그 다음 날도 마찬가지였다.

"사토미와 여동은 당분간 오지 않을 거야."

어머니의 목소리가 등 뒤에서 들려왔다. 하나코는 매일 찾아오는 사토미의 그림자를 찾아 엔가와(일본 가옥의 외부 복도)를 서성이고 있었다.

"왜요?"

"내가 당분간 오지 않는 게 좋겠다고 말했거든."

어머니의 말을 듣자 미간이 찌푸려졌다.

"왜……?"

"네가 그 여동과 자꾸 말을 섞으니까. 조선인과 말을 주고받으니까."

기가 막혔다. 할 말이 없었다. 일본에서 조선으로 넘

part. 1 할머니의 세상 .95

어온 많은 날 중 점순과 이야기를 나눈 날은 고작 이틀뿐이었다.

"그날도 사토미가 나에게 태용의 이야기를 하더구나. 왜 내가 조선인에게 신경을 써야 하는지 도무지 이해할 수 없어!"

점순이 하나코에게 오빠의 안위를 부탁하던 날 사토미도 어머니에게 태용에 대해 물었구나! 점순도 그녀의 오빠인 태용도 하나코도 심지어 어머니도 모두 같은 '사람'이었다. 하나코는 그렇게 생각했다. 그런데 도대체 어머니는 왜 이리 조선을 증오하는 것일까?

하나코는 어머니를 바라보며 조용히 말했다.

"어머니와 나는 지금 조선 땅에 있어요. 그런데 왜 조선인을 미워하고 싫어하나요?"

어머니의 표정에는 변화가 없었지만 눈빛만은 달랐다. 곧이어 차가운 목소리가 귀를 때렸다.

"나는 일본인이다. 황국의 신민이야."

고개를 치켜들고 눈을 아래로 내리깐 어머니의 얼굴은 자부심으로 가득했다.

"그런 내가 왜 더럽고 미개한 조선에서 살아야 하지? 우리 황국은 조선을 점령했다. 우리가 그들보다 더 낫고 더 힘이 세기 때문에 그들을 지배하고 있는 거야. 그런데도 무지하고 배은망덕한 조선인들은 독립운동이랍시고 곳곳에서 일본인에게 대항하고 판을 치지. 왜 우리가 그들을 위해야하지? 이런 것들은 모두 없어져야 해. 네 아비가 조선으로 건너가자고 했을 때 난 기가 막혔지. 어제도 조선인의 편을 들던 꼬락서니라니……. 나는 조선인들이 모두 없어지길 바랐다."

분노하는 어머니의 얼굴에 하나코는 할 말을 잃었다. 항상 조용히 조선인을 일갈하던 어머니가 마음속에 이런 증오를 숨겨두고 있었다니.

어머니가 한 발 앞으로 나서더니 하나코의 손을 잡고 말했다.

"조선인과 말하지 말거라. 그들과 엮이지 마. 더러운 것 옆에 있으면 더러움이 옮는단다."

"나는…… 말하면 안 돼."

마주 보고 앉은 손녀는 아무 말 없이 화자를 올려다보았다. 아무 말 없이, 되묻는 말 없이. 하지만 화자는 알았다. 뭘? 뭐를 숨겼나요?

어머니는 그토록 조선인과 엮이지 말라고 당부했다.

하지만 그 후의 나는 어떠했는가? 오후지의 자부심대로 떳떳하게 일본인이라 말할 수 있었던가? 화자는 손을 뻗어 손녀의 손을 잡았다.

"일본 사람이라는 것을 말하면 안 돼."

소리가 날까 하나코는 게다를 벗어 손에 들고 걸어야 했다. 새하얀 다비(전통 버선)가 금세 더러워졌다. 하나코는 어머니의 눈을 피해 몰래 사토미의 집으로 향했다. 어머니는 일본인 거주 지역을 벗어나지 않았다. 사토미 역시 일본인 거주 지역에 살고 있어서 어머니를 따라 몇 번 가보았을 뿐이다. 그런데 이렇게 무작정 사토미의 집을 찾아간들 점순을 만날 수 있을까?

점순의 오빠는 어찌 됐을까? 궁금했다. 하지만 아버지에게는 도저히 물을 수 없었다. 더 이상 조선인들의 삶에 관여해서는 안 된다는 것을 묻지 않아도 느낄 수 있었다. 지금 조선인에 대해 한마디라도 했다면 어머니가 가만있지 않을 것이다. 아버지 역시 마찬가지다. 딸은 조용히 입 다물고 살아야 했다. 바깥에서 일어나는 일에 관심을 가져서는 안 된다.

어둑어둑 해가 저물고 있다. 날이 저무는가 싶으면

금세 어두워져 있다. 하나코는 나무로 만든 대문을 살짝 열었다. 그리고 담을 따라 조용히 안뜰로 이동했다. 심장이 뛰고 식은땀이 흘렀다. 만약 여기에서 누군가에게 들킨다면 뭐라고 변명해야 할지 정신이 아찔하다.

그래도 누구라도 마주친다면 점순이기를. 제발 그녀이기를 빌며 집 내부로 깊숙이 발을 들여놓았다.

안뜰에는 작은 정원이 꾸며져 있었다. 하나코는 옷깃이 스치는 소리라도 날까 최대한 소리를 죽여 조심히 움직이고 있었다. 대체 어디로 가야 점순을 만날 수 있을까? 가지마다 둥글게 가지를 친 노송을 지나칠 때 사람 기척을 느꼈나 싶은 순간 놀랍게도 하나코의 이름이 허공에 울렸다.

"하나코?"

가슴이 철렁 내려앉았다. 너무 놀라 고개를 돌릴 수도 없었다. 하나코는 그 자리에서 그대로 주저앉고 싶었다. 하나코의 이름을 부르는 여자 목소리, 따각 따각 작게 울리는 게다 소리, 폭이 좁은 보폭 소리.

"하나코양, 여기에서 뭐 해요?"

사토미다. 단발머리의 그림자가 등의 불빛을 받아

발치에 어른거렸다. 하나코는 사토미와 마주친 것이 불행인지 다행인지 종잡을 수가 없었다. 다만 일본 정부 소속인 사토미의 남편이 아니라는 점에서는 분명 다행이었다. 하나코는 사토미에게 인사했다.

"……사토미상."

"하나코가 맞네. 여기에서…… 뭐 해요? 왜 왔다고 알리지 않고……."

"사토미상, 너무…… 늦은 시간에 미안해요. 아…… 요즘 왜 저희 집에 오지 않으세요?"

하나코가 더듬더듬 묻자 사토미의 눈이 커졌다.

"오후지가 초가을 감기에 걸려 잠시 방문객을 받지 않는다고 했잖아요. 오후지는 어떤가요?"

"아……, 어머니는…… 많이 좋아지셨어요."

"그래요? 다행이네요."

하지만 사토미의 눈은 말과 다르게 집요하게 하나코를 쫓았다. 이 시간에 여기는 어쩐 일이니? 여기에서 뭘 하고 있니?

"아……."

잠시 망설였지만 하나코는 사실대로 말하는 편이 낫겠다는 생각이 들었다. 그 외 다른 어떤 변명도 떠오르지 않았다. 어차피 사토미도 점순의 오빠를 안다고 하지 않았나.

"사토미상, 전순을 만날 수 있을까요?"

사토미의 눈이 다시 커졌다.

"전순?"

"네, 전순에게 할 말이 있어요."

사토미는 고개를 갸웃하더니 하나코의 손을 잡았다. 그리고는 생글거리며 웃었다.

"하나코양, 늦은 시간에 우리 집에 오느라 고생했어요. 이리 올라오세요."

사토미는 다소 큰 소리로 하나코에게 말했다. 사토미에게 손목을 잡힌 하나코는 어리둥절했다. 사토미가 하나코의 손목을 잡은 채로 게다를 벗고 엔가와로 끌고 올라가려고 해서 하나코는 사토미를 만류해야 했다.

"사토미상, 안 돼요. 제가 지금…… 다비가 더러워요."

속삭이는 말투로 사토미에게 급히 말했다. 사토미가 흘끗 게다 없이 다비만 신고 있는 하나코의 발을 보더니 다 알고 있다는 얼굴로 고개를 끄덕였다. 그리고 큰 소리로 점순을 불렀다.

part. 1 할머니의 세상 .101

"전순! 손님이 오셨네. 전순!"

집 안쪽 어디에선가 가벼운 발소리가 들렸다. 그리고 곧이어 점순이 모습을 드러냈는데 하나코와 눈이 마주치자 놀란 모습이 역력했다. 하지만 이내 고개를 숙이고 머리를 조아렸다. 사토미는 점순의 옷깃을 잡아당기더니 작은 소리로 말했다.

"새 다비를 하나 갖고 오너라. 손님은 내 방으로 모시고."

안주인의 방이라니. 하나코가 제대로 된 손님이 아니라 자시키(응접실)까지는 아니더라도 안주인의 방은 굉장히 사적인 공간이다.

하나코는 다다미가 깔려 있는 안주인 방으로 안내되었다. 그리고 곧이어 점순이 새 다비도 갖다 주었다.

"괜찮아, 괜찮아. 이리로 와."

오늘 밤에 만난 사토미는 어머니의 방에서 만났을 때보다 훨씬 친절하고, 편안해 보였다. 다만 하나코가 정신을 차릴 수 없었다. 사토미를 만난 순간 사토미라는 물결에 휩쓸린 기분이었다. 어느 순간 자신이 사토미의 방에 있었고, 더러워진 다비 대신 새 다비가 발에 씌어져 있었다. 사토미는 차를 따라 하나코의 손에 쥐여주었다.

"마셔요. 초가을이지만 이제 제법 선선해지기 시작했으니까. 따듯한 차를 마시면 한결 나아질 거예요."

뭐가 나아진다는 것일까? 하나코는 사토미의 권유에 따라 차를 한 모금 마셨다. 따듯한 기운이 온몸으로 퍼져나가자 긴장이 풀어지는 것 같았다.

"전순, 나가지 말고 여기 있어. 손님이 너에게 할 말이 있다는 구나."

주인의 말을 들은 점순은 미닫이문 가까이에서 무릎을 꿇은 채로 눈을 깔고 조용히 앉아있었다. 하나코는 사토미가 있는 곳에서 점순과 이야기를 해도 될지 망설여졌다. 사토미는 조선인에 대해 좋게 말 한 적이 없었다.

"어……."

하나코는 입을 열었지만 말을 꺼낼 수가 없었다. 연신 힐끔거리며 사토미의 눈치만 살폈다. 마침내 사토미가 손뼉을 짝! 하고 쳤다.

"태윤 때문이죠?"

하나코는 무슨 말인지 알 수가 없었다. 사토미가 점순에게 말했다.

"전순, 그를 데리고 와. 여기로."

물러나는 점순은 끝내 하나코와 눈을 맞추지 않았다. 그리고 얼마 지나지 않아 안주인 방의 미닫이문이 다시 열렸다. 하나코의 시야에 한 청년이 눈에 들어왔다. 방에 들어선 청년은 사토미와 하나코를 향해 허리를 숙여 인사했다. 그의 오른손에는 붕대가 감겨 있었다.

사토미가 하나코에게 말했다.

"태윤이에요. 전순의 오빠죠. 하나코가 약속도 없이 이 시간에 우리 집에 온 것은 태윤 때문이죠?"

처음 보는 조선인 청년. 그리고 조선인에 대해 부정적인 말들을 쏟아냈던 사토미. 그런데 사토미의 집에 조선인 청년이? 그러고 보니 이상했다. 사토미는 왜 조선인 하녀를 고용했을까?

"태윤, 앉아요. 전순도 앉아."

사토미는 생글생글 웃으며 말했다.

"태윤은 전순의 오빠에요. 그제까지 하나코의 아버지가 경영하는 나나우미에서 일했죠. 전순이 하나코에게 오빠의 누명을 벗겨달라고 부탁했나요?"

"아니요, 저에게는 그저 오빠를 살려달라고만 부탁했어요."

"그래요, 전순이 아직 어려서 그렇게 말했을 수도 있겠네요."

"사토미상, 저는 이해가 잘 되지 않네요. 사토미상은 조선인을 싫어하지 않았나요?"

"그래요, 맞아요. 음…… 싫어한다기보다 좋아하지 않죠. 저보다는 오후지가 조선인을 싫어하는 것 같던데요."

난데없이 어머니의 이름이 튀어나왔지만 하나코는 이를 무시하기로 했다. 지금 여기서 중요한 것은 어머니의 성향이 아니었다.

"그런데 왜 여기에 조선인이 둘이나 있어요?"

하나코의 질문에 생글생글 웃던 사토미의 미소가 사라졌다. 대신 서글픈 표정이 떠올랐다.

"하나코는 듣지 못했군요."

"네?"

사토미가 찻잔을 만지작거렸다. 마치 어디서부터 이야기해야 할지 정리하는 것처럼.

"나는…… 히나코보다 일찍 조선으로 건너왔어요. 그때 우리 부부에게는 아이가 하나 있었죠. 아늘이있답니다. 이름은 겐지였어요."

하나코는 작게 숨을 들이마셨다. 처음 듣는 이야기였고, 처음 듣는 이름이었다. 그렇지 않다면 매일같이 하나코의 집을 드나드는 사토미의 아이를 본 적 없을 리가 없다.

"아이는 다섯 살이었어요. 한창 손이 많이 갈 나이였죠. 그해 겨울 아이가 없어졌어요. 모두들 혼비백산이 되어 아이를 찾았죠. 하지만 아이는 어디에서도 발견되지 않았어요. 그렇게 하룻밤이 지났답니다. 아이를 잃어버린 부모의 심정은 말로 표현할 수 없어요. 그런데 다음 날, 아이를 찾았다는 소식이 들려왔어요. 그 사람은 조선인이라 일본인 거주 지역에 들어오지 못해 밖에서 저를 기다리고 있다고 했어요. 나는 머리도 만지지 못한 채, 대충 허리띠만 매고 정신없이 달려갔답니다. 추운 것도 느끼지 못했어요. 전순이 겐지를 업고 있었어요. 조선인 여자아이가. 그때의 전순은 지금보다 어렸어요. 다행히 겐지는 멀쩡했지요. 전순의 등에서 잠을 자고 있었죠. 처음에 든 생각은 조선인이 겐지를 유괴했을 가능성이었어요. 아마…… 나뿐 아니라 그 자리에 있던 모든 일본인이 그렇게 생각했을 거예요. 겐지가 멀쩡한 것을 확인한 후에야 전순의 이야기를 들어야 한다고 깨달았죠."

사토미가 찻잔을 들어 한 모금 마셨다.

"전순."

사토미가 점순을 부르자 미닫이문 앞에 앉아 있던 점순이 말을 이었다.

"도련님은 저희 집 근처 하천에 빠져 있었어요. 얇게 언 얼음이 깨져버린 거죠. 근처를 지나던 오빠가 도련님을 발견하고 하천에 뛰어들었지만 이미 차가워져 있었어요. 하지만 아직 죽지 않았죠. 오빠는 그 길로 도련님을 업고 집으로 돌아왔어요. 우리는…… 겨울에 방에 불을 넉넉하게 땔 만큼 돈이 많지 않아요. 하지만 그날은 방에 불이 꺼지지 않았어요. 도련님은 이불에 싸여 있었고, 우리는 피가 다시 흐를 때까지 밤새 팔과 다리를 주물렀어요. 새벽이 되자 도련님의 볼에 다시 홍조가 돌았어요. 도련님이 겨우 정신을 차렸을 때 이름이 뭔지, 어디에 사는지 물었지만 도련님은 조선말을 알아듣지 못하는 것 같았어요. 그런데 도련님이 정신이 들자 이번에는 오빠가 아프기 시작했어요. 그래서 제가 도련님을 업고 일본인 거주 구역으로 왔던 거예요."

"전순과 태욘에게는 미안하지만 내가 조선인을 좋아하지 않는 것은 맞아. 하지만 전순과 태욘은 나에게는 조선인 이상이란다. 이 아이들은 부모 없이 둘이 살면서 하루에 고작 한 끼로 버텼더구나. 우리는 조선으로 건너올 때 일본 하인들을 거느리고 왔지만 난 전순이 필요했어. 곁에 두고 싶었지. 그래서 전순을 우리 식솔로 받아들였어. 그리고 태욘의 일자리를 알아보고 있던 중에 하나코의 아버지, 이치로의 소식을 접하게 됐단다. 그가 조선으로 건너와 사업을 시작할 거라고 하더구나. 우리 바깥사람은 일본 정부에 속해 있어 인사권이 없지만 이치로는 다르지. 그래서 이치로에게 태욘의 일자리를 부탁했어. 다행히 이치로는 실리적인 사람이라 태욘을 보고 몇 마디 이야기를 나누고 나자 괜찮은 사람이라는 것을 바로 알아보더구나."

"겐지는요?"

"응?"

"겐지는 어떻게 됐어요? 전 사토미상에게 아이가 있었다는 것도 몰랐어요."

"겐지는…… 겐지는 그때 폐병을 얻어 이듬해 죽었단다. 차가운 물에 너무 오래 있었대. 나는…… 전순과 태용 덕분에 겐지가 1년이라는 시간을 더 살 수 있었다고 생각해. 병으로 사랑하는 사람을 잃는 것도 물론 가슴이 아프고 미어지지만 그래도 준비할 수 있는 시간이 있더구나. 그래서 난 전순과 태용에게 감사하고 있어."

하나코는 고개를 돌려 남매를 바라보았다. 태용 역시 고개를 들어 하나코를 바라보았다. 맑은 눈동자. 점순과 같은 눈을 하고 있는 태용. 하나코는 얼굴을 붉히고 재빨리 고개를 돌려 사토미에게 시선을 옮겼다.

"손은……."

"응?"

"저분 손에 붕대가……."

하나코는 차마 태용을 다시 보지 못하고 손으로 태용을 가리키기만 했다.

"태용이 도둑으로 몰린 것을 알고 있지? 하나코양의 집에 갔다 오는 길에 전순이 하나코양에게 오빠를 부탁했다는 말을 하더구나. 그날…… 오후지에게 간단히 운을 띄었지만 먹히지 않았지. 집에 오는 길에 전순에게 충고했단다. 이런 일에 하나코를 끌어들이기엔 아직 어리다, 이 일은 내가 이치로와 직접 이야기를 하겠다고."

사토미의 말에 하나코는 고개를 끄덕였다.

"태욘은 곧은 청년이야. 하지만 조선인이지. 비록 잡일이긴 하지만 나나우미에서 일하고 있어. 몸이 아니라 머리로. 범인은…… 일본인이었다. 이치로는 아마 집에서 아무 말도 하지 않았을 거야."

"네, 아버지는 아무 말씀도……."

"범인은 쓰타마츠 헤이치라는 자로 상사 부인과 불륜을 저질렀다고 하더구나. 둘이 일본으로 도망가자고 했대. 그래서 금고에 손을 댄 모양이야. 하지만 쓰타마츠의 생각보다 일찍 들켜버려서 계획은 성사되지 못했지. 그자가 유일한 조선인인 태욘을 밀고했어. 그리고 자신이 용의자로 몰리는 것이 억울하다며 태욘이 회사에 갇혀 있는 동안 손가락 두 개를 잘라버렸지."

사토미의 마지막 말에 하나코는 깜짝 놀랐다.

"왜요?"

"조선인이니까."

"조선인이지만 범인이 아니잖아요."

사토미는 세상 물정 모르는 아이 보듯 하나코를 바

라보았다.

"아가, 지금 친일파가 아닌 조선인은 도둑질한 일본인보다 서열이 낮단다."

하나코는 그 어떤 말도 할 수 없었다. 아무 잘못도 없는 조선인이 도둑질한 일본인보다 더 못한 처우를 받다니.

"나는 이치로에게 항의했지. 태용이 범인이 아니라는 것을 알면서도 이럴 수가 있냐고. 쓰타마츠는 그제 순사에게 잡혀갔단다. 그의 잘못은 횡령이지 절대 조선인에 대한 폭력이 아니야. 알겠지? 이것이 지금 하나코양이 발붙이며 살고 있는 조선의 현실이란다."

사토미가 조용히 태용을 보았다.

"정맥 주사를 맞고 안정된 상태야. 이제야 조금 나아졌지. 하나코양이 제대로 봤어. 난 조선인을 좋아하지 않아. 하지만 전순과 태용은 내 사람이야."

사토미의 말을 끝으로 방 안에는 침묵이 내려앉았다. 아무도 말을 꺼내지 않았다. 시간이 흐르고 침묵을 깬 사람은 사토미였다.

"이제 더 궁금한 건 없지?"

"……네. 감사합니다."

"시간이 늦었네. 집에 갈 때는 게다를 신고 가도록 해. 태윤, 괜찮다면 하나코양을 데려다 줄 수 있을까?"

사토미의 제안에 놀란 것은 하나코였다.

"아니, 아니에요. 저 혼자 갈 수 있어요."

"태윤은 치료를 위해 일주일 내내 방에만 갇혀 있었어요. 바람을 좀 쐬는 게 좋을 것 같아요. 그리고 아무리 일본인 거주 구역이라고는 하지만 아가씨 혼자 밤길을 나서는 것은 좋은 생각이 아니에요. 하나코(花子)는 이름처럼 꽃 같은 처녀니까요."

사토미의 농담에 하나코의 얼굴이 붉어졌다.

"가는 길, 조심하세요."

하나코의 머리가 복잡했다. 어색한 침묵도 견디기 힘들었다. 그런데 옆에서 묵묵히 걷고 있는 청년은 아무렇지 않은 모양이었다. 평온한 얼굴로 앞을 보며 걸었다. 하나코는 힐끔 조선인 청년을 곁눈질했다. 그러자 둘의 눈이 마주쳤다. 하나코의 얼굴이 붉게 물들었다. 재빨리 고개를 돌려 시선을 피했다.

"그 꽃은 무슨 꽃이야?"

"네넷?"

갑작스런 남자의 목소리에 하나코는 놀라 되물었다. 그리고 이내 자책했다. 그는 하나코를 놀라게 할 생각으로 말을 꺼낸 것이 아니었다. 큰 소리로 말을 한 것도 아니었다. 그런데 하나코는 왜 이리 놀란단 말인가.

맑은 눈으로 하나코를 바라보던 청년의 눈가에 웃음이 서렸다.

"입고 있는 기모노 말이야, 빨간색 작은 꽃······."

"아······."

태용의 손가락을 따라 하나코가 고개를 숙이자 입고 있는 후리소데의 작은 꽃무늬가 눈에 들어왔다. 이 날 하나코는 하얀색 바탕에 작은 매화꽃이 그려져 있는 화려하진 않지만 나이에 어울리는 싱그러운 느낌의 후리소데를 입고 있었다.

"매화에요."

하나코가 여전히 얼굴을 붉힌 채 대답했다.

"그렇구나."

"······그동안 혹시 쭉 사토미상의 집에 살았나요?"

예상치 못했던 질문이 하나코에게서 튀어나왔다. 태용은 여전히 미소를 띤 채 하나코를 바라보았다.

"아니, 난 저 아래에서 살았지. 부모님이 남겨주신

집에서."

 태용의 대답에 왜 마음이 놓이는지 하나코는 이해할 수 없었다. 그가 어디에 살든지 하나코와 무슨 상관이란 말인가.

 집이 가까워지고 있었다. 선선한 초가을 바람이 하나코와 태용 사이를 지나갔다. 바람을 타고 태용의 체취가 하나코에게 흘러갔다. 좋은 냄새가 났다.

"저기, 하나코양의 집이지?"

"우리 집을 어떻게 아세요?"

 하나코의 순수한 질문에 태용이 소탈하게 웃으며 대답했다.

"사장님 심부름으로 몇 번 가본 적이 있어. 2층 서재에 있는 창문으로 뒷마당에 있는 하나코를 본 적도 있고. 빛이 바랜 테마리를 갖고 있던데."

"아……, 그 테마리는 죽은 언니의 유품이에요."

"아, 그렇구나. 미안해. 어쩐지 테마리를 갖고 놀기에는 하나코양은 너무 컸다 싶었어."

"그런데…… 저는 왜 한 번도 태용군을 본 적이 없죠? 우리 집에도 왔었는데……."

"아……, 사모님이…… 조선인을 싫어하신다고……."

태용의 말을 들은 하나코는 창피함이 앞섰다. 조선인으로 태어난 것이 태용의 선택은 아니었다. 그런데도 어머니는 조선인이라는 이유만으로 차별했다. 하나코는 입술 안쪽을 잘근잘근 씹었다.

"사장님이 가능하면 사모님과 마주치지 말라고 하셨어. 물론 따님과도 마찬가지이고. 사모님께 간단히 인사만 드리고 최대한 빨리 집을 나왔지."

 태용이 깊이 눈을 감았다 떴다. 하나코는 태용에게 어머니 대신 사과하고 싶었다. 미안하다고, 어머니는 조선인에 대해 아무것도 모른다고. 나라도 사과한다면 태용의 마음이 달래질 수 있을까? 하나코가 태용을 올려다보았을 때 가까워진 집 현관에서 하나코의 이름이 들렸다.

"하나코."

 하나코는 놀라서 홱 고개를 돌렸다. 아버지다. 하오리를 입은 이치로가 나란히 걸어오고 있는 하나코와 태용을 내려다보고 있었다. 하나코의 심장이 덜컥 내려앉았다. 너무 놀라 아무 말도 하지 못했다. 그런데 태용이 한 발 앞으로 걸어가더니 아버지에게 허리를 숙여 인사했다. 아버지가 가로로 길게 닫힌 입을 열어 태용에게 말했다.

"그래, 태욘군. 몸은 어떤가?"

"사토미상의 집에서 치료를 받고 있습니다. 손가락은 잃었지만 많이 좋아졌습니다."

"그래, 그렇군. 그 일은 유감이네."

"네. 어…… 하나코양이 사토미상의 집으로 부탁받은 물건을 가져다주셨어요. 밤길이 어두워 제가 집까지 바래다 드린다고 제안했습니다."

"음……, 고맙네. 몸도 좋지 않을 테니 자네는 이제 돌아가게. 수고했네."

"네."

태용이 다시 인사를 하고 뒤를 돌더니 하나코를 바라보며 미소 지었다. 미소의 의미를 몰랐지만 하나코의 얼굴은 다시 붉게 달아올랐다. 어두워서 아버지에게 잘 보이지 않아 다행이라고 생각하며 아버지가 서 있는 쪽으로 걸어 올라갔다.

하나코는 잠을 이룰 수가 없었다. 헤어지기 전 그는 왜 나를 보며 웃었을까? 궁금하다. 그의 작은 행동 하나하나에 의미를 부여하는 것 같지만 그럼에도 불구하고 그의 의중이 궁금했다. 어쩌면…… 내가 대신 변명해 뒀으니 안심해. 라는 말일 수도 있다. 실제로 그의 말을 들은 아버지는 하나코를 추궁하지 않았다. "늦은 시간에 밖에 나다니는 것은 위험하다. 목욕하고 잘 준비를 하거라." 하고 하나코를 방으로 돌려보냈을 뿐이다. 그게 아니라면 잘 자라고 눈인사를 한 것일까? 처음 본 사람한테? 아니지, 태용은 하나코를 처음 본 것이 아니었다. 그가 2층 아버지 서재에서 뒤뜰을 내려다봤을 때 나는 대체 뭘 하고 있었을까? 그는 나의 어떤 모습을 보았을까? 궁금하다. 그의 얼굴을 생각하면 온통 궁금한 것 투성이다. 생각이 꼬리에 꼬리를 물고 이어지다 언제 잠들었는지도 모르게 스르륵 잠에 빠졌다.

사토미의 집이 좋아졌다. 정확하게는 사토미의 집에 있는 남매에게 관심이 갔다. 하지만 마음 놓고 사토미의 집에 갈 수는 없었다. 애가 탔지만 어쩔 수 없었다. 하나코는 이제 사토미의 방문을 기다렸다.

하나코가 사토미의 집에서 태용을 만난 지 보름이 지났을 때 사토미가 점순을 이끌고 마실을 왔다. 인사를 하는 하나코를 보고 웃으며 인사로 답례하는 사토미의 눈에는 장난기가 가득했다. 마치 비밀 이야기를 주고받은 또래 동무 같은 눈초리였다. 어느덧 어머니의 도코노마에는 감나무가 장식되어 있었다. 이제 완연한 가을이다.

"하나코양, 다음에 우리 집에 놀러 오지 않겠어요?"

오늘도 시답잖은 이야기를 주고받는 어머니와 사토미. 하나코는 조금 떨어진 곳에 앉아 있었다. 오늘 이야기는 금세 끝이 났다. 점순은 우리 집 어디에서 무엇을 하고 있을까? 우리 집 식솔과 밀린 이야기라도 하고 있을까? 하며 딴생각하고 있는데 갑자기 사토미가 하나코를 돌아보며 말했다.

"……네?"

"기모노를 맞추려고 해요. 젊은 아가씨의 안목으로 골라주지 않겠어요?"

사토미가 장난기 어린 눈으로 하나코를 보며 물었다. 하나코가 망설이며 시선을 돌리자 자신을 바라보고 있는 어머니가 보였다. 하나코는 황급히 고개를 숙이고 대답했다.

"네, 그럴게요. 언제 시간이 되실지……."

"괜찮으면 지금 어때요? 지난번 방문은 너무 짧았잖아요."

"지난번……."

오후지가 입을 열려고 하자 사토미가 냉큼 고개를 돌려 오후지의 말을 가로막았다.

"겐지의 유품도 보여주고 싶네요. 괜찮죠? 오후지상?"

"아……, 그래요. 사토미상."

탐탁지 않지만 어쩔 수 없다는 표정으로 어머니가 허락했다. 어머니도 사실은 겐지의 일을 알고 있었던 것일까? 하는 의문도 잠깐. 가슴이 설레고, 미소가 비어 나오는 것을 하나코는 어쩌지 못했다.

하나코는 인정할 수밖에 없었다. 사토미와 나란히 걸으며 담소를 주고받는 동안에도 머릿속에는 온통 태용 생각뿐이었다. 상처는 얼마나 나았을까, 몸은 회복됐을까, 지난번 헤어지기 전에 왜 웃었는지 물어보면 그가 대답해 줄까. 혹시 기억 못 하면 어쩌지? 사토미가 하나코의 긴장을 풀어주기 위해 재미있는 이야기를 들려줬지만 하나코는 어색한 웃음만 흘릴 뿐이다. 마침내 집에 도착해 안뜰에 들어서자 태용이 나와 있었다. 밝은 햇빛 아래에서 그를 다시 보자 몰랐던 것이 보이기 시작했다. 우선 그는 키가 크고 호리호리했다. 아버지인 이치로보다 더 컸다. 그리고 햇빛을 받아 반짝이는 머리카락과 하나코를 보고 웃음 짓는 눈동자는 모두 갈색이다. 오른뺨에는 작게 보조개가 들어가고, 하얀 셔츠와 옅은 황갈색 바지를 입고 있었다. 그가 사토미를 향해 허리를 숙여 인사했다. 태용의 인사를 받은 사토미는 하나코를 보고 말했다.

"나는 잠깐 일이 있어요. 점순은 내가 데리고 갈게요."

사토미의 말에 하나코의 볼이 붉게 물들었다. 자리를 피해주는 사토미가 하나코의 마음을 들여다보는 것만 같아서 부끄러웠다.

사토미가 점순과 함께 사라졌다. 태용은 고개를 돌려 그들이 사라진 것을 확인한 후에야 하나코에게 다가왔다. 그의 얼굴에는 잔잔한 미소가 걸려있었다.

"와 줬네."

와 줬다니? 그럼 태용이 하나코를 데리고 와 달라고 사토미에게 부탁한 것일까? 하나코의 눈동자가 그를 따라 움직인다. 지금 이 순간, 하나코는 인정할 수밖에 없었다. 사랑에 빠졌구나.

"내일 집으로 돌아가. 이제 거의 회복이 되었거든."

방금까지 구름 위를 걷던 하나코는 끝도 없이 떨어지는 기분을 느꼈다.

"어…… 어디로?"

"원래 살던 집."

"그럼……."

다시는 못 보나요? 라고 묻고 싶었지만 그럴 수 없었다. 지금 이 감정을 태용도 똑같이 느낀다고 장담할 수 있을까?

"점순은……."

"아, 내 누이는 여기 있을 거야. 사토미씨 집에."

당연한 말이다. 점순은 사토미의 식솔이니까. 하나코는 당황했다. 이러려던 것이 아닌데. 그에게 묻고 싶은 것이 산더미였고, 그에 대해 알고 싶은 것이 그리 많았는데. 하지만 입이 떨어지지 않았다. 그의 갈색 눈동자가 하나코에게 고정되어 있었지만, 하나코는 명치에 무엇인가 걸린 것처럼 소리가 나지 않았다.

화자는 고개를 숙였다. 맞잡은 두 손은 자글사글한 주름으로 뒤덮여 있었고, 곧고 길던 하얀 손은 어느새 볕에 그을려 마디가 불거지고 까맣게 변해 있었다. 가지런한 손톱 역시 두꺼워지고 검게 변한 곳도 있었다. 그가…… 그가 이 손을 잡고 있었는데.

언뜻 보기에는 새침해 보였다. 입술을 삐죽 내밀고 검지를 광대뼈 근처에 대고 생각에 잠긴 것처럼 내려다보는 사토미는 사실 걱정스러운 마음이 앞섰다.

"하나코양, 나는…… 찬성할 수가 없어요."

예상은 했지만 실제로 들으니 더 마음이 아팠다. 하나코는 감정을 숨기려고 했지만 뜻대로 되지 않았다. 이를 악물자 턱에 힘이 들어갔다.

"그러지 말아요. 하나코양. 지금 이러는 것은 아무 도움도 되지 않아."

"사토미상……."

"이치로와 오후지에게 뭐라고 설명할 건가요? 조선 남자를 만나러 가겠다고?"

"……"

"입 밖으로 말하지 않았지만 하나코도 알고 있는 거예요. 그래서 나를 찾아온 거잖아."

막막했지만 반박하고 싶었다. 입장을 설명하고 동의

를 구하고 싶었지만 사토미가 문제점을 지적하자 하나코는 입을 다물 수밖에 없었다. 엄밀히 따져본다면 그녀의 말이 맞았다. 지금까지 하나코의 행실로 미루어 봤을 때도 사토미의 말이 백번 맞았다.

사토미가 무릎으로 기어 오더니 하나코의 손을 잡았다. 하나코는 눈을 들어 사토미를 바라보았다.

"이러지 말아요, 하나코. 태욘에게 더 이상 마음 쓰지 말아요. 하나코에게 전순을 내어준다면 이치로와 오후지는 나를 비난할 거예요. 전순 역시 무사히 빠져나갈 수 없어요. 이건…… 얻을 것이 아무것도 없는 관계예요."

사토미가 하나코의 눈을 들여다보며 말했다. 하나코도 알고 있다. 사토미의 말이 옳다는 것을. 그런데도 어쩐 일인지 그녀의 말을 그대로 따를 수가 없었다. 사토미를 바라보던 하나코의 눈에서 금세 눈물이 차오르더니 또르르 떨어졌다. 사토미의 눈이 커졌다.

"하나코……."

"……알아요. 사토미상이 무슨 말씀을 하시는지 알아요. 그런데…… 그런데도 그게 내 마음처럼 되지 않아요."

"하나코……."

"그가 보고 싶어요. 잘 지내는지 궁금해요. 손은 나았는지 알고 싶어요. 내가…… 내가……."

사토미가 울먹이는 하나코의 양 손을 쓰다듬었다. 눈에는 연민이 가득 차 있었다. 아직 어린 소녀. 검은 눈동자와 붉은 뺨. 보기 드문 고른 치열을 갖고 있는 소녀. 이 작은 아이는 일본인이었다. 작은 체구와 귀염성 있는 얼굴은 일본으로 돌아간다면 또래 소년들에게 인기를 얻고도 남을 것이다. 그런데도 이 아이는 조선인 청년을 원하고 있다. 감정이 깊어지기 전에 끊어내야 하지 않을까.

사토미는 고개를 저었다. 안 돼. 안 돼. 아니야. 한낱 풋사랑일 것이다. 지금은 애가 닳고 가슴이 쓰리지만 며칠 지나면 잊을 것이다. 기억이 희미해지면 감정도 무뎌질 것이다. 하나코도 태용도.

"태용은 잘 돌아갔어요. 걱정하지 말아요."

얼마나 부질없는 말들인가. 사랑의 열병을 앓고 있는 어린 소녀에게는 조금의 위로도 되지 않는 말이라는 것을 사토미도 알고 있다. 나도 그랬지. 하지만 시간이 지나면 지금의 사토미처럼 추억이 될 것이고 웃으며 이야기할 수 있는 날이 올 것이다. 안쓰러운 것은 잠깐이야.

"전순과 태온을 위험하게 만들지 말아요."

진심이었다. 어깨를 떨며 눈물 흘리는 이 작은 소녀는 자신의 위치를 모르고 있는 것이 분명하다. 조선에서 살고 있는 일본인 소녀의 입김은 한순간에 남매를 없앨 수도 있다. 아버지를 통해. 아니면 조선을 증오하는 어머니를 통해. 이야기야 얼마든지 꾸며낼 수 있고, 옭아매자고 마음만 먹으면 증거 따위는 중요하지 않았다.

"하나코, 나는 전순을 내어 줄 수 없어요. 태온이 사는 곳도 알려줄 수 없어요. 그러니 이제 그만 돌아가요. 그들에게 마음을 쓰지 말아요."

어깨를 늘어뜨린 채 등을 보이며 대문을 나서는 하나코를 보며 사토미는 작게 한숨을 내쉬었다. 이치로에게 언질을 해야 할까? 오후지는 어림도 없다. 만약 오후지에게 말을 흘렸다가는 하나코와 태용의 관계를 샅샅이 파헤치며 달려들 것이다. 소녀가 마음을 돌리기를. 자신의 처지를 제대로 판단하기를. 사토미는

part. 1 할머니의 세상

어둠 속으로 사라지는 하나코의 뒷모습을 한동안 바라보며 그 자리에 서 있었다.

 누군가 다급하게 나무 대문을 두드린다. 사토미는 시끄러운 소리에 잠에서 깼다. 집안에서 급하게 발을 놀리는 소리가 들리나 싶더니 웅성거리는 소리가 들렸다. 사토미는 조용히 자리에서 일어나 허리띠를 대충 여미고 밖으로 나갔다.
 아직 어두운 밤. 차가운 밤공기가 사토미를 감쌌다. 깜깜한 밤하늘과 대조적으로 붉은 불빛이 문가에서 아른거렸다. 사토미가 엔가와에서 마당으로 내려섬과 동시에 안쪽에 있는 하인방에서 몇몇이 대문 쪽으로 빠른 걸음으로 걸어가다가 사토미를 발견하고 그 자리에 멈췄다.
"무슨 일이야?"
 남편이 깰세라 사토미가 소리를 죽여 하인들에게 물었다. 나이가 많은 하인이 고개를 조아리더니 사토미에게 말했다.
"타나카가에서 전언이 왔습니다. 하나코님이 사라졌다고 하십니다."

"……뭐?"

"……하나코님이 사라졌다고 하세요."

사토미는 말할 수가 없었다. 하지만 놀라움도 잠시, 짐작이 가는 곳이 있었다. 그러나 함부로 입을 놀릴 수는 없었다. 하나코가 정말 태용과 함께 있는지, 그 집으로 갔는지 확인할 필요가 있었다.

"너희들 함부로 입을 놀리지 마라. 오늘 저녁에 하나코의 방문에 대해서도 아무도 말하면 안 돼. 타나카가에는 나에게 전달했다고 말하고 돌려보내거라. 그리고 전순을 내 방으로 데리고 와. 어르신께는 내가 적당히 둘러댈 테니."

"네."

하인 둘이 급한 발걸음으로 대문을 향해 사라지는 동안 사토미는 침소로 돌아갔다. 조용히 문을 열고 자리로 돌아가자 남편이 인기척을 냈다.

"무슨 일이오?"

"깨셨어요?"

"밖이 소란스러운데."

"네, 타나카의 여식이 없어졌다는군요."

"응?"

"저희 하인 중에 한 명이 저녁나절 이노우에 방향으로 걸어가는 타나카의 여식을 봤다고 합니다. 아마 동무의 집에 놀러 갔다가 아직 집에 돌아가지 않은 모양이에요."

"타나카의 여식이라면 이치로의 딸이 아니오?"

사토미는 어둠 속에서 싱긋 웃었다.

"기억하시는군요. 하나코에요."

남편이 자세를 고쳐 앉으려 하자 사토미가 만류했다.

"제가 나가보죠. 매일 오후지와 마주해서 하나코를 잘 알아요. 걱정 말고 더 주무세요. 아침 일찍 먼 길에 오르셔야 하잖아요."

사토미는 다정한 손길로 남편을 눕히고 이불을 만져준 다음 한텐을 들고 밖으로 나왔다.

급히 안채에 있는 방으로 걸어갔다. 불은 켜지 않고 안쪽으로 들어가 자리를 잡고 앉은 지 얼마 지나지 않아 가벼운 발소리가 나더니 전순의 목소리가 들렸다.

"마님, 점순입니다."

"응."

장지문 열리는 소리가 나더니 곧 닫히는 소리가 들

렸다.

"불은 켜지 말고. 이쪽으로 와."

사사삭 거리며 옷 스치는 소리가 들렸다.

"하나코가 없어졌다는구나."

사토미는 잠시 말을 멈췄다. 점순은 아무 말도 없었다. 정적이 흘렀다. 점순도 사토미와 같은 생각을 하는 것일까?

"내 생각에는 하나코가 태윤을 찾아 간 것 같아. 네 생각은 어떠니?"

점순은 여전히 아무 말도 하지 않았다. 하긴, 점순이라고 알겠는가.

"조용히 집으로 안내해라. 내가 직접 가 봐야겠다."

사토미가 자리에서 일어서며 지시했다.

"불은 켜지 말고 조용히 움직여야 해. 아가씨의 명예가 걸린 문제이니."

점순을 앞세워 도착한 곳은 다 허물어져 가는 토막집(일제 강점기 조선인의 임시주택)이었다. 과연 사람이 살까 싶은 곳. 황토를 바른 벽과 볏짚을 올려 민 든 지붕. 크기로 보아 방이 한 칸이나 있으려나. 비좁고, 낡은 집. 이런 곳에 과연 잘나가는 일본 사업가의 딸이 왔을까. 사토미는 낙후된 집으로 차마 들어서지 못하고 있었다. 어쩌지 못하고 가만히 서 있는데 과연 집 안에서 두런두런 말소리가 들려왔다. 작은 소리라 정확히 들리지도 않고 웅얼거리는 것처럼 들리지만 사람 소리가 분명했다. 왔구나. 하나코가 기어이 이 집을 찾아내어 태용을 찾아왔구나.

사토미가 점순을 바라보았다. 사토미의 마음을 눈치챘는지 점순이 사토미를 지나쳐 문이 있는 곳으로 걸음을 옮겼다. 끼익- 하고 낡은 문이 열렸다.

점순은 아무 말도 하지 않고 그 자리에 서 있었다. 방 안에서는 남자의 목소리가 들렸다. 태용일 것이다.

"점순아."

이후 남매가 말을 주고받았지만 조선말을 모르는 사토미는 전혀 이해할 수 없었다. 알아들을 수 있는 말은 오직 하나. 하나코.

오직 하나코라는 이름만이 사토미의 귀에 꽂혔다. 사토미가 천천히 걸음을 옮겼다. 초겨울의 쌀쌀한 바람이 한텐 속으로 파고들었다. 조금 열린 문틈으로 여전히 목소리가 흘러나왔다. 사토미가 옆에 서자 점순이 입을 다물고 옆으로 물러섰다.

"하나코."

방 안에서 나오던 목소리가 멈췄다. 공기의 흐름이 멈춘 것처럼 아무 소리도 들리지 않았다. 사토미는 조금 더 큰 목소리로, 하지만 여전히 작은 소리로 다시 하나코의 이름을 불렀다.

"하나코양."

"······사토미상."

사토미는 깊은숨을 토해내며 눈을 감았다. 그렇게 충고하고, 주의를 줬지만 하나코는 모든 것을 뿌리치고 이곳으로 왔다. 대체 어떻게 여기까지 찾아왔을까.

"하나코양, 지금은 아무것도 묻지 않을게요. 돌아가야 해요."

"저는······,"

"이 곳에 온 것만으로도 이미 큰일이에요. 일을 더 키우지 말아요."

"······"

"집에서 하나코양을 찾고 있어요. 우리 집에도 이치로의 식솔이 찾아왔어요. 빨리 돌아가지 않으면 일본인 거주 지역을 모조리 뒤질 거예요."

냉기가 흐르는 방에서는 더 이상 아무 말도 나오지 않았다. 사토미는 끈기 있게 기다렸다. 마침내 끼익- 하는 소리와 함께 방문이 조금 더 열리더니 어둠 속에서 하나코의 모습이 나타났다. 하나코의 뒤에는 태용이 서 있었다. 구름에 가린 달빛으로 보건대 태용은 자고 있었던 모양이다. 사토미는 어둠에 익은 눈으로 재빨리 하나코를 훑어봤다. 다행히 옷의 솔기는 흐트러짐 없이 잘 여며져 있었다.

"전순, 아가씨를 데리고 타나카가로 가거라. 사람들 눈에 띄지 않게 조용히."

"네."

하나코가 걸음을 떼기 전 마지막으로 바라본 것은 태용이었다.

"그 아이를 어쩔 셈이야?"

사토미는 감정이 실리지 않은 목소리로 조용히 태용에게 물었다. 태용은 차마 사토미의 눈도 마주치지 못한 채 고개를 떨구고 땅만 바라보고 있었다. 평소와 다르게 허름한 옷차림에 머리가 헝클어져 있었다. 자고 있던 태용을 하나코가 갑자기 찾아온 것일까?

그가 천천히 고개를 저었다. 태용의 오른손에는 여전히 붕대가 감겨 있었다. 달빛에 그늘진 그의 얼굴은 무기력해 보였다.

"그 아이를 사랑하니?"

한발 물러서 있을 작정이었다. 아이들의 풋사랑에 관여할 마음도 없었다. 전쟁이 한창이던 때. 영원할 것 같던 영광이었지만 근래 들어 패전 소식이 심심치 않게 들려오기 시작했다. 한 치 앞도 예상 할 수 없는 전쟁. 무엇도 장담할 수 없고, 확실한 것은 없었다. 일본의 수탈은 갈수록 심해졌고 조선인들에게 남는 것은 없었다. 조선이라는 나라처럼 이 청년의 미래 역시 없었다.

"……네."

갈라진 목소리로 태용이 대답했다. 사토미는 눈을 감았다.

어린 시절, 사토미는 하나코의 아버지인 이치로를 사랑했다. 함께 바닷가 어촌마을에서 자란 소꿉친구들. 지금은 각자 다른 길을 걷고 있지만 사도미 역시 풋사랑의 감정을 익히 알고 있다. 그녀라고 애타고,

가슴 쓰린 사랑을 왜 모르겠는가. 사토미가 하나코에게 모질게 대할 수 없었던 것은 이런 감정들 때문이 아닐까.

 사토미와 이치로가 자란 바닷가 마을은 작고 소박하지만 풍족한 곳이었다. 문을 열면 바다 내음이 나는 곳. 지평선 너머로 금가루를 뿌린 듯이 햇빛이 자잘하게 부서지는 곳.
 앞으로는 바다가 펼쳐져 있고 뒤로는 산이 병풍처럼 마을을 감싸고 있던 곳. 바다가 주는 풍요로움과 산의 자애로움 속에서 다른 마을에 비해 풍족한 생활을 할 수 있었지만 고립되고, 외로운 곳이었다. 때때로 바다가 변덕이라도 부린다면 피해를 입기도 했지만 어디에서 살더라도 이 정도는 늘 있는 일이었다.
 이치로에게는 한 살 어린 여동생과 세 살 터울의 남동생이 있었다. 나나미와 마사키. 사토미는 나나미의 친구였다. 바다에서 태어난 나나미. 그리고 바다로 돌아간 나나미. 인생이란 이름을 따라가는 것일까?(나나미는 일곱 개의 바다라는 뜻)
 사토미는 어린 시절부터 보아왔던 이치로를 연모했

다. 그에게 연정을 품었다. 어린 시절 그는 사토미의 마음을 알았을까? 세상 이치에 대해 조금씩 알게 됐을 무렵, 이치로에게는 정략결혼처럼 혼처가 정해진 여자가 있다는 것을 알게 됐다. 작은 어촌 마을에서는 정략결혼이라는 말도 거창해 보였다. 나나미와 함께 있으면서도 이치로를 바라보았던 사토미는 혼인으로 마을에 들어선 오후지를 보고 놀라지 않을 수 없었다. 하얀 얼굴에 꽃처럼 붉은 뺨과 입술. 반달 같은 눈썹. 나비 같던 그녀는 이름처럼 아름다웠다. (후지는 등나무) 그리고 비로소 사토미는 자신의 외면을 객관적으로 바라볼 수 있었다. 붕어처럼 살짝 튀어나온 눈. 코는 반듯했지만 고르지 못한 치열. 큰 키에 막대기같이 마른 체구. 오후지가 아니더라도 이치로가 과연 사토미를 여자로 볼 수 있었을까?

혼인하고 반년쯤 지났을 때 비보가 날아들었다. 목재상을 하는 오후지의 아버지와 큰오빠가 돌림병으로 죽었다. 장남이 죽자 가업을 이을 사람이 없어졌다. 꿈이 있었던 이치로는 장남의 자리를 동생 마사키에게 물려주고 오후지와 함께 작은 어촌 마을을 떠났다. 데릴사위로 들어가 처가의 가업을 이어받았지만 사업가의 기질이 있던 그는 고작 목재상이었던 처가의 살림을 발판 삼아 건축업까지 진출했다.

사토미는 근근이 마사키를 통해 이치로의 소식을 들을 수 있었다. 그때까지도 사토미는 혼인을 하지 않았다. 명석하고 지혜로웠지만 아름답지 못한 외모가 늘 걸림돌이 되었다.

"혼자라도 괜찮아요."

이렇게 생각했지만 현실은 그렇지 않았다. 가주가 된 남동생과 올케에게 해가 지날수록 짐이 되고 있었다. 나이가 차고 느지막이 들어온 후처 자리. 남동생은 맞지 않는 자리라고 화를 냈지만 사토미는 수락했다. 그렇게 추억이 깃든 작은 어촌마을을 벗어났다.

후에 이치로가 고향으로 돌아왔다는 이야기는 들었지만 그는 그의 인생을, 사토미는 사토미의 인생을 걸어가야 했다. 사토미의 남편은 나이는 많지만 딸린 자식도 없었고, 무엇보다 사토미를 정성껏 대했다. 조언을 구하기도 하고, 공식 석상에 안주인으로 대동하기도 했으며, 때로는 함께 연극을 보러 가기도 했다. 인생의 동반자로 깍듯한 대우를 해줬다. 겐지가 태어났을 때 그는 얼마나 기뻐했던가. 사토미 역시 얼마나 행복했던가.

 함께 조선길에 올랐을 때도 사토미는 그를 믿었다. 지금처럼 잘해 나가리라 믿었다. 가끔 주고받던 편지에서 고향에 머무르던 이치로의 둘째 딸이 혼례식 도중 쓰나미에 휩쓸려 죽었다는 소식을 들었다. 기억이 틀리지 않았다면 그는 지진으로 큰 딸을 잃었다고 들었다.

 그런 이치로에게 조선행을 권한 것은 사토미였다. 값싼 노동력과 자원. 전쟁 중이던 일본에서는 얻기 어려운 것들. 그를 아직 사랑한다고 말할 수는 없지만 그렇다고 아니라고도 할 수 없었다. 그도 모르고, 아름답지만 예민한 성격의 오후지도 모른다. 사토미의 남편 또한 아내의 마음을 모른다. 오직 사토미만 알고 있는 감정들.

"만주로…… 만주로 떠나거라."

 사토미가 눈을 감고 작은 소리로 말했다. 감은 눈 사이로 바다가 보였다. 바닷물 위로 잘게 부서지는 햇빛 조각들이 보였다. 철썩이며 바위에 부딪히는 파도 소리가 들렸다.

이러지 말아야 하는데. 나는 더 이상 이 일에 관여해서는 안 되는데.

"해방되고 일본인은 조선에서 나쁜 사람."
 너희는 해방이라 불렀고, 우리는 패전이라 불렀다.
 많은 일본인이 본국으로 돌아가야 했다. 하지만 모두가 돌아간 것은 아니었다. 하나코처럼 조선에 남은 사람도 있었다. 심지어 일본에서 조선인과 결혼해 조선으로 들어온 일본인 여자들도 있었다. 긴 전쟁으로 남자가 부족했던 일본. 이런 상황 속에 돈을 벌기 위해 일본으로 들어온 조선 남자와 결혼한 일본 여자도 더러 있었다. 일본에서 아이를 낳고 가정을 꾸리며 살다가 조선이 해방되자 이들은 배를 타고 고향으로 돌아왔다. 정확하게는 남자의 고향으로. 하나코의 경우 그들보다는 사정이 조금 나았다. 그들은 조선이라는 새로운 환경에 적응해야 했기 때문에. 조선은 그들이 살던 일본에 비해 열악한 환경이었고 심지어 일본인이라는 이유로 차별을 받았다. 조선에 남은 일본인 역시 마찬가지였다. 만약 아이라도 있어서 아이를 데리고 일본으로 돌아간다면 아이는 한토진(반도인)으로 불리며 따돌림당할 것이다. 남편이 옷자락을 잡아끌고, 아이가 발목을 잡았다. 그녀들은 그렇게 조선에 남아야 했다.

사정이야 어찌 되었든 해방 전 일본인에 의해 조선인이 차별받던 때와 상황이 완전히 달라졌다.

"말도 안 되는 소리!"

이치로가 소리를 질렀다. 그는 눈을 부라리며 하나밖에 없는 딸을 향해 화를 내고 있었다. 성을 내는 아버지가 무서웠지만 하나코는 용기를 낼 수밖에 없었다. 말아 쥔 손의 마디가 하얗게 변했다.

"그가…… 조선인이라서요?"

살면서 지금까지 아버지의 뜻을 거스른 적이 단 한 번이라도 있었던가. 죽은 언니들의 그늘에 가려 어머니의 사랑을 받지 못해도 이해하려 노력했다. 원하는 것이 있어도 매달리지 않았다. 하지만 이번은 달랐다. 다른 사람의 것을 탐내는 것도 아니었다. 혼자 착각하고 있는 것도 아니었다. 하나코는 나름 정당한 요구를 하고 있다고 생각했지만 이치로와 오후지의 생각은 달랐다.

하나코가 아버지의 눈을 마주 보며 차분하게 물었다. 흥분하고 싶지 않다. 감정에 매달리고 싶지도 않았다. 내가 원하는 것을 이성적으로 쟁취하고 싶었다. 이치로는 하나코의 질문에 대답하지 않았다. 그의 턱 근육이 꿈틀거렸다.

"아버지는 조선인에게 우호적이었잖아요."

대답이 없자 하나코가 다시 말했다.

"우호적인 것과 딸을 조선인에게 시집보내는 것은 전혀 다른 이야기다!"

"……만주?"

만주? 어디에서 들었지? 만주라는 말은…… 분명 들은 적이 있었는데.

"조선인들이 대거 이주한 곳이 만주라고 하더구나. 이곳 조선에서는 태웅과…… 함께 하기 어려울 거야."

사토미가 슬픈 눈으로 하나코를 내려다보았다.

만주. 기억이 났다. 조선에 오고 얼마 지나지 않아 사토미가 친목을 내세워 집에 드나들었다. 조선 땅에 조선인이 많다고 질색했던 어머니. 그런 어머니에게 사토미가 지금은 오히려 조선인이 줄어들었다고 말했지. 그렇다면 그 조선인들은 다들 어디로 갔을까?

만주.

아침에 집을 나서는 아버지의 하오리를 붙잡고 하나코가 물었지. 조선인들은 어디로 갔냐고. 그때 아버지의 입에서 나왔던 곳. 만주.

"……사토미상은 조선인들이 어디로 갔는지 관심이 없다고 하지 않았나요?"

사토미가 애잔함을 담은 눈으로 고개를 끄덕였다.

"하나코와 태용은 특별한 사람들이니까요."

하나코는 더 묻지 않았다. 태용의 이야기는 익히 들었지만 사토미의 특별한 사람에 왜 자신도 해당되는지 궁금했지만 더 이상 캐묻지 않았다.

사토미는 지금 짧은 방문을 마치고 집으로 돌아가려는 중이다. 오후지는 여전히 방에 틀어박혀 밖으로 나오지 않았다.

"조선의 겨울은 일본보다 혹독하게 춥구나. 마치 조선인들 같아. 메마르고……."

조선에 있는 내내 조선인을 비난하는 오후지의 말을 하나코는 듣고 싶지 않았다.

"어머니 대신 배웅해 드릴게요."

나무 대문까지 가는 짧은 거리. 하나코는 사토미에게 하고 싶은 말이 많았지만 시간이 허락하지 않았다. 몇 걸음 떼었을 때, 사토미가 하나코의 한텐자락을 붙잡고 말했다.

"태욘과 함께 하길 원한다면 만주로 가."

"……만주?"

"조선인들이 대거 이주한 곳이 만주라고 하더구나. 이곳 조선에서는 태욘과…… 함께 하기 어려울 거야."

"……사토미상은 조선인들이 어디로 갔는지 관심이 없다고 하지 않았나요?"

"하나코와 태욘은 특별한 사람들이니까."

"……그렇군요. 제가……."

"다만……."

하나코는 사토미의 말에 귀를 기울였다.

"듣기로 만주는 굉장히 춥다고 해. 여기 군산은 조선에서도 아래 지방이라 따뜻한 편이지만 만주는 상상 이상으로 춥다고들 하더군. 그래도…… 새로 시작할 거라면 만주가 나을 거야."

사토미의 말을 들은 하나코는 아무런 대꾸도 하지

않았다. 하나코의 입에서 입김이 하얗게 뿜어져 나왔다. 보폭을 맞추어 걷고 있지만 대화가 길어지자 걸음이 점점 느려졌다.

고민하고 있겠지. 하나코는 지금까지 키워 준 부모와 새로운 사랑 사이에 갈등을 할 것이다. 숨을 들이마시자 겨울 냄새가 났다.

"선택하기 어렵다면…… 좀 기다려보는 것도 나쁘지 않지. 이기든 지든 전쟁이 곧 끝날 것 같으니까."

생각지도 못한 말이었다. 전쟁이 끝난다고? 게다가 이기든 지든? 무엇인지는 꼭 집어 말할 수 없지만 하나코는 의아했다. 이렇게 말해도 괜찮은가?

하나코의 생각을 눈치챘는지 사토미가 곁눈질로 흘끗 하나코를 바라보았다.

"필리핀이라는 곳을 아니?"

"……아니요."

"그래, 아는 사람이 별로 없지. 황국의 식민지 중 하나였어. 일본은 본토든 식민지든 지금 쥐어짜 낼 수 있을 만큼 짜내고 있어. 전쟁이 길어지는 만큼 먹고 살기 어려워지니까. 보는 것이 선생에 맞춰시니까. 조선의 수탈도 그만큼 심해졌고. 일본은 작년에 필리핀을 잃었어. 또 다른 섬도 잃었다고 하더구나. 어쩌면 전쟁이 곧 끝날지도 몰라."

"……황국신민으로써 그런 말들을 해도 괜찮은가요?"

사토미가 조용히 미소 지었다.

"알 만한 사람들은 알아. 조용히 소문이 돌고 있으니까. 나는…… 어르신에게 들어서 일찍 알았지만."

사토미가 걸음을 멈추더니 하나코의 팔을 잡고 마주 보도록 돌려세웠다.

"패전이야. 전세가 기울기 시작했어. 하지만 언제 끝날지는 아무도 몰라. 전쟁이 끝나기를 기다릴지, 만주로 도망을 갈지 잘 생각해 봐."

"……"

"만주로 가라는 건, 태욘 때문이기도 해. 다른 사내아이였다면 이미 징병 됐을 거야. 그게 아니라면 군수공장으로 갔겠지. 조선인에게 선택권은 없으니까."

"왜…… 왜 저와 태욘에게 이런 말씀을 해주시는 거예요? 태욘이 사토미의 사람이라서요?"

하나코의 눈을 들여다보던 사토미가 고개를 저었다. 무엇인가 복잡한 표정이었다.

"잘 모르겠어. 하나코 때문일지도 모르고. 전순과 태

욘은 나와 이치로의 비호 아래에 있긴 하지만 일본인은 아니야. 또 일본인처럼 살려고 하지도 않아. 이해할 수 없는 고집 같은 것이 있어. 희한하지?"

사토미가 자조적인 웃음을 흘렸다.

"하나코가 태욘과 함께 한다면 앞으로의 일이 복잡해질 거야. 사실, 난 둘을 말리고 싶어. 물론 내 마음대로 되지 않겠지만. 차라리 태욘과 전순이 친일파였다면 맘이 편했으려나."

사토미가 대문을 향해 걸음을 옮겼다. 하나코는 조용히 뒤따랐다. 대문에는 금세 도착했다. 대문을 열기 전 사토미가 하나코를 잡고 말했다.

"전쟁도 어차피 위에 계신 분들이 벌인 일이야. 우리처럼 아랫것들은 어쩔 수 없이 따라갈 뿐이지. 이것도 마찬가지야. 나라를 팔았다는 소문이 도는 것도 위에 있는 분들이 하는 거지, 조선의 아랫사람들이 하는 일이 아니야. 그런데도 그들은 일본의 속국이 되길 거부하고 저항하고 있어. 일부는 굶어 죽고 맞아 죽는 일이 허다한데도. 독한 사람들이야, 하나코. 아직 마음이 깊어지기 전에 잘 생각해. 태욘을, 조선을 택하는 것이 맞는지."

사토미의 패전 관망을 듣고 일 년도 채 지나지 않아 일본은 항복을 선언했다.

하나코는 태용을 놓을 수가 없다. 그것은 태용도 마찬가지였다. 둘은 서로를 사랑했다. 해방되고 일본인은 본국으로 돌아가야 했다. 정해진 재산만을 갖고. 다행히 이치로는 패전의 냄새를 일찍 맡을 수 있었다. 실리적인 판단으로 재산의 일부를 본토에 있는 동생 마사키에게 보내놓았지만 그것은 어디까지나 비축금이었다. 이렇게 빈털터리로 일본에 돌아가리라고는 생각지 못했다.

일본은 30년이 넘는 시간 동안 조선을 지배했다. 이 정도의 시간이라면 과연 조선을 독립된 나라라고 할 수 있을까? 일본 영토의 일부가 아닐까? 그사이 조선에서 태어난 일본인 부부의 아이들은 어느새 성인이 되었다. 이들을 조선인이라고 부를 수 있을까? 그렇다면 일본에 대해 전혀 모르는 이들을 일본인이라고는 할 수 있을까? 조선에서 일본인 부부 사이에서 태어나 일본 땅을 한 번도 밟아보지 못한 아이들도 있었다. 그나마 이 아이들은 나은 편이다. 절반은 일본인, 절반은 조선인은 아이들. 어디에서도 환영받지 못할 아이들. 자신의 하나뿐인 딸이 조선인 남자를 사랑하고 그 남자와 조선에 남겠다는 이야기는 두 귀로 듣고도 실로 믿지 못할 말이었다. 이치로와 오후지, 하나코는 미군정으로부터 송환 명령을 받았다. 며칠 후 조선을 떠나야 했다. 이치로는 고개를 들었다. 하나 남은 딸. 오후지와의 사이에서 세 딸이 있었지만 모두 죽고 셋째 딸만 남았다. 미도리가 살았다면, 유키에가 살았다면. 부질없는 생각이다. 이치로는 하나코를 어르기로 생각을 고쳤다.

"하나코, 나에게 남은 자식이라고는 너 하나뿐이다. 이 애비랑 같이 일본으로 돌아가야지."

"그럴 수 없어요."

"하나코, 우리 가문을 이으려면 데릴사위를 들여야 한다. 우린 아들이 없지 않니."

하나코는 고집스럽게 고개를 흔들었다.

"아버지가 원하는 건 일본인 데릴사위를 들이는 거잖아요. 저는…… 일본으로 가지 않을 거예요."

"네가 만약 아이라도 낳는다면 한토진으로 불리면

서 천대받을 거야. 아이를 생각해 보거라."

"그래서 일본으로 가지 않아요. 저는 여기에서 아이를 낳고 키울 거예요."

방법이 없었다. 태용을 데릴사위로 앉히는 것은 있을 수 없는 일이다. 조선인을 데릴사위로 들일 수는 없는 노릇이다. 어찌 됐든 일본으로 건너가기만 하면 바로 수소문을 해 제대로 된 일본인 청년 중에 사윗감을 고를 심산이었다. 전쟁으로 일본에 청년이 얼마 없겠지만 중매쟁이에게 웃돈을 얹어주면 된다. 딸과 손주가 한토진으로 낙인찍힌 채 평생을 차별 속에서 살게 할 수는 없다.

"애초에 조선으로 건너오는 것이 아니었어요."

오후지가 차가운 목소리로 말했다. 이치로와 하나코가 모두 오후지를 바라보았다.

"이런 더러운 곳에 아이를 데려오는 것이 아니었어요. 뭘 망설여요? 우리 딸은 조선으로 건너와 조센진에게 더럽혀졌으니 더 이상 우리 딸이 아니에요. 난 그렇게 생각하고 조선을 떠날 겁니다."

앉아 있던 오후지가 스르륵 일어나더니 이치로를 보며 말했다.

"가문? 정 가문을 잇고 싶다면 일본에 남아있는 마사키의 아들을 양자로 들이면 돼요. 당신 조카이니 문제 될 것이 없지요. 우리 딸은 조선에서 죽었어요."

 눈을 감자 그때의 기억이 떠올랐다. 붉은 기모노를 입고 있던 어머니. 본능적으로 이것이 마지막 모습이라는 것을 알았다. 어머니는 조선인을 사랑한 딸을 절대 용서하지 않을 것이다.
 하나코는 조선에 남았다. 태용과 재빨리 혼인신고를 하고 조선인과 결혼한 일본인 신분으로 조선에서 새 삶을 꾸려갔다. 태용과의 삶은 넉넉하지 못했지만 마음만은 풍요로웠다. 일본으로 떠난 아버지의 편지도 뜨문뜨문 받아보았다. 아버지는 지금이라도 일본으로 돌아오라는 말을 잊지 않았다. 너만 돌아온다면 네 어머니는 내가 어떻게든 설득하겠다며. 하나코는 고개를 저었다. 아버지의 마음이 이해되면서도 서운했다. 딸은 지금 이렇게 행복한데. 왜 알아주지 않으실까. 그렇게 생각했다. 하지만 집을 벗어나면 일본인이라는 꼬리표가 항상 하나코를 따라나녔다. 차별에 맞서야 하는 쉽지 않은 삶. 분에 겨운 날도 있었고, 처음 보는 이와 싸워야 하는 날도 있었다. 태용 앞에서 참았던 눈물이 터지는 날도 있었고, 어느 날은 아무런 대항도 하지 못한 채 무너져 내린 날도 있었다. 하지만 언제나 태용은 하나코를 두 팔로 안아주었다. 어떤 말로 위로를 할 수 있을까? 하나코 역시 알고 있었다. 조선인도 이런 차별을 받았다는 것을. 더한 차별도 견뎌야 했던 것을.

둘은 함께 전쟁도 겪었다. 손가락을 잃은 태용은 징용되지는 않았지만 짐을 이고 지고 피난길에 올라야 했다. 그 전쟁에 여동생 같았던 점순을 잃었다. 조선에서 가족이라 생각한 사람을 하나 잃었다. 하나코의 마음 일부가 무너져 내렸다. 당시에는 점순을 잃은 슬픔이 너무 커 태용의 마음이 어떤지 살피지 못했다. 그에게 위로의 말을 건네지 못했다. 태용은 하나코보다 의연하고 굳건하게 점순의 죽음을 받아들였다.

"지금보다 더 어렸을 때 부모님도 잃었어. 그때는 더 슬펐지만 아무것도 할 수 없다는 것을 깨달았지. 지금은 전쟁 중이야, 하나코. 당신이라도 살아남아서 다행이라오."

하지만 피난길, 한밤중 산속 엄폐물 속에서 잠든 하나코는 소리죽여 흐느껴 우는 태용의 억눌린 소리를 들을 수 있었다. 태용의 등을 쓰다듬어 주고 싶은 생각에 손을 들었지만 이내 그만두었다. 하나코의 눈에서도 눈물이 흘렀다. 이른 아침이 되고 다시 피난길에 오르면 그는 다시 침착하고 씩씩한 윤태용으로 돌아올 것이다. 홀로 죽은 동생의 안식을 기원하는 이 순간을 하나코는 방해하고 싶지 않았다.

 전쟁이 끝나고 고향으로 돌아가려는 태용을 잡고 하나코는 말했다. 가고 싶지 않다고. 일본인 하나코를 알고 있는 태용의 고향으로 돌아가고 싶지 않다고. 물론 태용의 고향은 점순과의 추억이 있는 곳이지만 하나코는 두려웠다. 하나코의 의중을 알아차린 태용은 고향 대신 산골의 작은 동네를 찾아 그곳을 집으로 삼았다.

"이곳이 좋겠어요. 여기에서 살래요."
 집터를 둘러본 하나코가 말했다.
"미안해. 나 때문에 당신이 힘들어서……. 당신이 그때 일본으로 돌아갔다면 이런 고생 인 하고 디 나았을 텐데."

part. 1 할머니의 세상 .151

"내가 선택했어요. 그리고 많은 조선인도 일본인에게 차별을 받았잖아요."

"하나코, 나는 당신이 일본인이든, 한국인이든 상관없어. 나에게 당신은 항상 2층 서재에서 내려다보였던 뒤뜰의 작은 요정이야."

태용이 미소 지으며 하나코의 손을 잡았다. 수국무늬의 후리소데를 입고 낡은 테마리를 들고 뒤뜰에 서 있던 하나코. 사장님의 심부름으로 2층 서재에 있던 태용은 창문으로 보이는 하나코를 요정 같다고 생각했다. 하나코는 겹쳐진 손을 물끄러미 바라보았다.

"내가…… 일본인이라는 것은 바뀌지 않아요. 하지만 숨길 수는 있어요. 태용, 나는…… 그러기로 했어요."

태용의 눈동자가 불안하게 흔들렸다. 하나코가 하는 말은 명확했다. 일본인이라는 것을 숨기기로 했다는 것이다.

"하나코……"

해줄 말이 없었다. 하나코는 고개를 숙이고 있었다. 분명 이 가녀린 여자의 눈에는 눈물이 고여 있을 것이다. 내가 아픈 것은 괜찮다. 내가 천대받는 것은 상관없다. 하지만 내가 지켜주기로 마음먹은 이 여자는 아프지 않아야 한다. 항상 웃었으면 좋겠다. 내 품 안에서 걱정 없이 살 수 있도록 지켜주고 싶었다. 태용은 잡고 있던 손을 놓고 하나코의 뺨을 쓰다듬었다.

"당신의 결정이 그러하다면…… 그래요. 하지만…… 나는 당신에게 정말 미안하게 생각하고 있어. 정말 미안해요."

"태용, 당신이 미안해할 일이 아니에요."

"당신이 일본인이라는 이유로 차별받고, 손가락질 당하는 것이 힘들었어. 당신은 이미 나를 위해 너무 많은 것을 버렸어. 미안하게 생각한다오."

하나코와 눈을 맞추기 위해 태용이 고개를 숙였다. 눈물로 흐려진 시야에 사랑하는 태용의 얼굴이 흔들려 보였다. 하나코는 고개를 끄덕였다. 이게 맞다. 그럴 것이다. 만에 하나 하나코가 태용의 아이라도 낳는다면……. 그 아이는 조선인 사이에서는 일본인이라 불릴 것이고, 일본인 사이에서는 조선인이라 불릴 것이다. 어디에도 속하지 못하는 사람이 되겠지. 항상 배척만 당하겠지. 누굴 원망할 수 있을까? 이 모든 것이 업보일까? 항상 마음속으로 되뇌었다. 조선인은 더한 일을 겪어야 했다. 이유 없이 끌려가 일본인에

의해 죽는 일도 다반사였다. 하나코도 보지 않았나. 태용도 억울하게 당하지 않았다. 하지만 개인이 이 모든 것을 받아들이기 힘든 것은 사실이었다. 조선인을 사랑해 조선에 남은 나를 왜 알아주지 않는 것일까? 버리자, 차라리 일본을 버리자. 하나코는 눈을 꼭 감았다.

"당신의 이름을 한자 그대로 화자라고 부를게요."

고개를 끄덕였다. 이 사람 옆에 있다면 무어라 불려도 상관없다. 하나코든 화자든 내가 달라지진 않는다. 하나코는 이날 태용을 마주 보고 하나코라는 이름을 버렸다.

예서가 놀란 눈으로 나를 바라본다.

놀랍기도 하겠지. 어쩐지 웃음이 난다. 그러고 보니 그 아이는 알고 있었을까? 어미가 일본인이라는 것을.

서툰 한국말을 애써 이어가려 노력하지 않았다. 대신 화자는 입을 다물었다. 일본인을 비아냥거리며 나쁘게 말하는 이들과 서툰 한국말로 입씨름을 하는 대신 화자는 침묵을 택했다. 태용이 가슴 아파하는 일이 갈

수록 줄어들었다. 새로운 삶을 시작한 태용과 화자는 침묵을 택함으로써 더 나은 환경을 만들 수 있었다.

 한동안 아이가 들어서지 않아 포기하고 있던 상태였다. 화자의 나이는 어느덧 마흔에 가까워졌다. 태용과의 삶은 행복했다. 이 사람은 아이가 없는 것도 탓하지 않았다. 그사이 전쟁은 휴전이 되었고 생활은 점차 안정되어 갔다. 그런데 어느 날 화자가 입덧을 시작했다. 임신 사실을 알았을 때 태용은 나사가 빠진 사람처럼 웃고 다녔다. 말은 하지 않았지만 이 사람이 얼마나 아이를 원했는지 알 수 있었다. 아들이 태어났다. 건강한 사내아이. 행복했다. 아이에게 고모가 있었다면 더 좋았을 텐데. 아이는 순탄하게 자랐고 세월은 흘러갔다. 여전히 넉넉하지 않은 삶이었지만 부족하다고 느끼지 못했다. 태용이 병석에 눕기 전까지.

 태용은 아내와 아들을 위해 열심히 일했다. 화자 역시 가끔 품삯을 받으며 근근이 생계를 도왔지만 이들은 풍족하지 못했다. 그러다 태용이 자리에 눕게 되자 집안의 가세가 한 번에 기울어졌다. 병원 한 번 제대로 가지 못했다. 약 한 번 제대로 씨보질 못했다. 마음이 조급해진 화자는 집 안에 있는 물건들을 뒤졌다.

낡은 후리소데 두 벌과 붉은 산호가 박힌 머리 장식이 나왔다. 화자와 일본을 연결할 수 있는 유일한 물건들. 이것뿐이다. 집에서 값나가는 물건이라고는 이것이 전부이다. 화자는 물건들을 둘둘 말아 시내에 있는 전당포에 맡기고 돈을 차용했다. 그때 아들 승재는 고등학생이었다. 그게 마지막이었다. 화자는 그때 이후로 붉은 산호가 박힌 머리 장식을 다시는 보지 못했다.

"없어. 장식 없어. 팔았어."
할머니가 고개를 흔들었다.
"어? 언제?"
예서가 놀라며 물었다.
"옛날에."
"진짜? 그럼…… 집에 없어?"
할머니가 고개를 끄덕였다.
아들 승재가 자라서 딸을 낳았다. 그 딸이 벌써 초등학교 6학년이다. 찾을 수 없을 것이다. 너무 오래 전의 일이다. 어림잡아 1980년대에 있었던 일이다. 후리소데와 머리 장식을 팔아 겨우 푼돈을 마련해 태용을 병원으로 데리고 갔다. 암이었다. 돈은 마른 풀잎처럼 화자의 손에서 스르륵 빠져나갔다. 태용은 아들 승재를 남기고 화자의 손에 쥐었던 푼돈처럼 화자의 인생에서 사라졌다.

"없대. 할머니가 팔았대."
"뭐? 언제?"
"오래됐대. 벌써 30년이 지난 것 같아."
"30년?"
아오가 눈을 깜박이더니 말했다.
"30년? 30년……. 30년이 뭔데?"
아오의 순수한 질문에 예서는 말문이 막혔다.
"어……, 잘 들어봐. 지금 내가 몇 살처럼 보여?"
"그러게. 넌 몇 살이야?"
아무렇지 않게 아오가 되물었다. 예서는 한숨이 나왔다.
"나는 열세 살이야. 만으로는 열두 살. 이 세상에 태어난 지 12년이 지났어."
"오! 그래?"
"네가 하나코라고 부르던 우리 할머니는 1927년생

이래. 올해 여든네 살이셔. 할머니가 태어난 지 84년이 지난 거야. 이해됐어?"

"아니, 전혀 모르겠어. 달이 몇 번이나 뜨고 진거지?"

"달? 수없이 뜨고 졌겠지. 달은 매일 뜨니까. 아······. 하, 모르겠다. 어떻게 설명해야 할지."

예서가 허공에 들고 있던 손을 떨어뜨렸다. 아오는 시간의 개념이 없었다. 그런 아오에게 30년의 시간을 어떻게 설명해야 하는지 감이 잡히지 않았다.

"아무튼 엄청 오래 된 시간이야. 찾을 수 없을 거야."

"왜?"

"오래됐으니까. 할머니는 전당포에 맡겼다고 하지만 난 태어나서 전당포라는 것을 본 적도 없어."

"찾을 수가 없다고?"

"그래."

"전당포······라는 곳에 맡겼다면 다시 찾아올 수 없는 건가."

"아니, 그게······"

"흠, 전당포라는 곳은 물건을 맡아주는 곳인가?"

"······아마도?"

"그럼 돌려줘야지."

"그건 맞는데, 시간이 많이 지나서 그 전당포라는 곳이 없어졌을 거야."

"그럼 거기 있는 물건은 다 어디로 가는데?"

"그건 나도 모르겠어."

"전당포라는 곳은 움직이는 곳인가?"

"뭐?"

"인간들이 만들어서 바다에 올려놓은 것같이 말이야. 내가 하나코와 함께 바다를 건넌 것 말이야."

"무슨 말인지 도무지 모르겠다. 배를 말하는 거야?"

"배! 맞아! 그렇게 말했었지."

"아니, 전당포는 움직이지는 않지만, 지금은 찾을 수도 없어. 없어졌다니까."

"찾을 수 없는 거야? 그들이 없어졌다면 우리가 찾아보자."

기대를 품으며 자신을 바라보는 아오를 보자 예서는 마음이 무거워졌다.

"아마…… 못 찾을 것 같아."

다음 날 예시는 늦게까지 잠을 자고 일어났다. 할머니의 이야기를 늦은 밤까지 들었고, 그 후에는 아오에게 머리 장식의 행방을 찾을 수 없을 것 같다는 소식을 전하고 나자 자정이 훨씬 넘은 시간이었다. 눈을 뜨자 정오가 가까워져 있었다. 밝은 여름 햇빛 속에 먼지들이 너울너울 흔들리며 허공에서 움직이고 있었다. 할머니 집에 온 지 며칠이나 됐을까? 예서는 누운 채 팔을 뻗어 날짜를 세며 손을 꼽았다. 엿새. 매일 짧게 아빠와 통화하고 있었다. 엄마의 수술은 잘 끝났고 회복 중이라고 했다. 아빠와 엄마는 지금 병원에 있을까? 예서는 자리에서 일어나 두리번거리며 휴대전화를 찾았다. 폴더를 열어 단축번호를 눌렀다.

"아빠."

"응?"

예서가 입술을 달싹였다. 방금 아빠에게 엄마에 대한 소식을 들었다. 엄마는 수술을 잘 끝내고 경과를 지켜보는 중인데 조금씩 나아지고 있다고 했다. 예서는 망설이다가 아빠에게 물었다.

"아빠는…… 할머니가 일본 사람인 거…… 알았어?"

예서의 말을 들은 아빠는 한동안 아무 말도 하지 않았다. 예서는 아무래도 아빠가 너무 놀라 말을 하지 못한다고 생각했다.

"……아빠?"

혹시 전화가 끊겼나?

"응, 알고 있지."

아빠가 갈라진 목소리로 대답했다.

"정말?"

"그럼, 공주는 어떻게 알았어?"

아빠가 다정하게 물었다.

"할머니가 말해 줬어."

"아……, 그럼…… 할머니가 사실은 말을 할 줄 안다는 것도 알았겠네?"

"응. 아빠도 알고 있었어?"

"그럼, 아빠의 어머니인걸. 알고 있었지."

"아빠하고도 말했었어?"

"아니, 할머니가 잠꼬대하는 걸 들었었지. 일본어로."

"응? 정말로?"

"응, 하지만 할머니는 정신이 있을 때는 절대 말하지 않았어. 그래서 아빠도 모른 척했지."

"아빠는 잠꼬대를 듣고 할머니가 일본 사람이라고 생각한 기야?"

전화기 너머로 아빠의 작은 한숨 소리가 들려왔다.

"아니."

"그럼?"

"아빠가 고등학교 다닐 때 집에 일본 옷이 있는 거 봤어. 오래된 일본 옷. 여자들이 입는 옷이라 어머니 옷일 거라고 생각했지."

여자 옷이라니. 할머니가 머리 장식과 함께 전당포에 맡겼다는 옷일까?

"그 옷…… 할머니가 전당포라는 곳에 팔아버렸대."

"응, 그것도 알지. 아빠도 봤거든."

"아빠도 봤다고? 그럼 할머니하고 같이 간 거야?"

"아니, 우연히 봤어. 학교가 끝나고 오던 길에 전당포로 들어가는 할머니를 봤거든."

아빠와 통화하던 예서가 침을 삼켰다. 붉은 산호가 박힌 머리 장식을 아빠도 알고 있을까?

"아빠, ……머리 장식도 봤어?"

"할머니가 머리 장식에 대해서도 공주한테 말해 줬어?"

아빠의 목소리에 웃음이 서려 있었다. 예서는 아빠의 표정이 보이는 것 같았다. 오른뺨에 작게 보조개가 패겠지.

아빠가 알고 있다. 머리 장식에 대해. 예서의 심장이

콩콩 뛰기 시작했다.

"아빠, 나 지금 그 머리 장식을 찾고 있어. 붉은 산호가 박힌 머리 장식 맞아?"

"할머니가 예서한테 꽤 자세히 말해 주셨구나! 맞아. 어떻게 생겼는지 궁금하니?"

"응!"

"그 머리 장식, 아빠한테 있거든."

"뭐?"

예서는 심장이 튀어나올 정도로 소리를 질렀다. 30년 전 할머니가 머리 장식을 후리소데와 함께 전당포에 맡겼다고 했을 때 이제 아오는 다시 바다로 돌아갈 수 없다고 생각했다. 그런데 예상치 못한 곳에서 머리 장식이 튀어나올 줄이야!

아빠는 예서의 반응을 보고 껄껄 웃었다.

"그게 왜 아빠한테 있어? 할머니는 분명 팔았다고 했는데."

"맞아. 할머니가 전당포에 맡겼을 때 우연히 아빠가 보게 된 거야. 아빠가 살던 곳이 워낙 시골이라 전당포라고 할 만한 곳이 읍내에 하나밖에 없었거든. 아빠 학교 가는 길에 있던 곳."

part. 1 할머니의 세상 .163

"······그런데?"

"그때 할아버지가 많이 아프셨어. 전당포에 들어가는 할머니를 보자마자 왜 갔는지 알겠더라고. 그래서 전당포 할아버지에게 내가 나중에 꼭 돈을 갚을 테니 우리 어머니한테 받은 물건을 팔지 말아 달라고 부탁했지."

"그래서 아빠가 돈을 주고 다시 사 온 거야?"

"아니, 우리 집은 가난했기 때문에 그러지 못했어. 그때 당시에는 생각보다 꽤 큰 돈이었거든. 2년 정도 지나고 전당포가 매물로 나왔다는 종이가 붙어 있을 때 다시 갔지. 주인 할아버지에게 언젠가 돈을 갚을 테니 더 갖고 있을 수 없냐고 물었어. 할아버지가 보관하고 있다고 하시면 내가 꼭 돈을 갖고 오겠다고. 그때는 등록금 내기에도 빠듯했거든."

아빠가 옛 생각에 젖은 모양이다. 잠시 틈을 두었다가 다시 말을 이었다.

"그런데 할아버지가 그냥 주셨어. 어차피 전당포 그만둘 거라고. 두 벌의 기모노는 어머니가 갖고 왔을 때부터 이미 낡아서 보관할 물건이 못 되었지만 머리 장식은 그나마 괜찮았다고. 우리나라에서 사용하는 머리 장식이 아니래. 그래서 어디 팔 곳도 없다고 하시더구나. 아들한테 주는 것이 맞는 것 같다면서."

"그럼 왜 아빠는 할머니한테 돌려주지 않았어?"

"전당포 주인 할아버지 말씀 때문이지. 어머니는 기모노와 머리 장식을 다시 찾으러 올 생각이 없어 보였대. 그런 일을 오래 하면 알게 되나 봐."

할머니의 복잡한 심경이 보이는 것 같았다. 조국인 일본과 유일하게 연결해 주었던 물건들. 내가 일본 사람이라는 것을 상기시켜 주는 물건들. 일본인이라는 것을 들키지 않기 위해 입을 닫았던 하나코지만 그럼에도 불구하고 조국이 생각나는 날들이 있었을 것이다. 그 증거가 전쟁을 치르고도 버리지 못했던 후리소데 두 벌과 붉은 산호 머리 장식이 아니었을까.

"아빠, 그 머리 장식 어디 있어?"

"집에 있지."

"집? 우리 집?"

"그래, 우리 집."

"그럼 그 머리 장식이 쭉 우리 집에 있었던 거야?"

"그럼, 계속 집에 있었지."

예서는 잠시 고민했다. 하지만 방법은 하나뿐이었다.

part. 1 할머니의 세상 .165

"아빠, 나 집에 잠깐 갔다 와야 할 것 같아."

다음 날 예서는 아침 일찍 할머니 집을 나섰다. 아빠에게 집으로 가는 길을 몇 번이고 확인했다. 엄마가 아직 입원 중이라 아빠가 시골집으로 예서를 데리러 올 수는 없었다. 괜찮다고 했다. 이제 6학년이니 혼자 갈 수 있다고. 하지만 막상 출발하려니 무서운 마음이 드는 건 어쩔 수 없었다. 그래도 가야지. 가야 한다고 마음을 다독였다. 아오가 집으로 돌아갈 방법은 그것뿐이었다.

예서는 할머니에게 집에 다녀오겠다고 말했다. 할머니는 예서를 말렸지만 아오의 이야기를 하자 눈을 깜박이며 주의 깊게 예서의 이야기를 들었다. 붉은 산호로 장식된 머리 장식. 팔아버렸다고 생각한 이 머리 장식을 아들인 승재가 갖고 있었다니. 믿기 어려운 말이었다.

"그거 팔았다."

"응, 근데 아빠가 갖고 있대."

"어떻게?"

"할머니가 전당포에서 나오는 모습을 아빠가 봤대. 그래서 전당포 할아버지한테 나중에 아빠가 돈 갖고 올

테니까 팔지 말아 달라고 부탁했대. 나중에 전당포가 망하기 전에 할아버지가 아빠한테 머리 장식을 줬대."

예서의 말을 들은 할머니의 눈과 입이 벌어졌다. 믿을 수 없다는 표정이다.

"지금 어디에……?"

"우리 집에 있대. 내가 갖고 올게, 할머니. 그게 있어야 아오가 집으로 돌아갈 수 있대."

작은 안경을 쓴 대머리 아저씨가 기억났다. 입을 닫은 하나코가 남편의 병원비 때문에 낡은 후리소데와 머리 장식을 가져갔을 때 그의 얼굴에는 아무런 표정의 변화가 없었다. 굳게 다문 입술과 안경 너머로 보이는 작은 눈에서는 어떠한 감정의 변화도 없어 보였다. 손에 쥔 돈은 생각보다 많았다. 당시에는 머리 장식이 돈이 되나 싶었지만 깊게 고민하지 않았다. 그는 분명 하나코를 놓아라고 생각하는 것 같았다. 고집스러워 보이는 인상의 노인네라 생각했는데 그에게 이런 면이 있었던가? 아들 승재도 놀랍다. 어디서 나를 봤을까? 머리 장식을 받고도 왜 나에게 말하지 않았을까?

할머니는 예서의 손을 잡고 집을 나섰다. 아랫마을

에 들어선 할머니는 빨간 벽돌집으로 들어갔다. 그 집은 예서 또래의 남자아이가 사는 집이었다. 안주인에게 손짓 발짓을 하며 할머니가 손가락으로 예서를 가리켰다. 도무지 무슨 뜻인지 알 수 없었던 예서와 달리 안주인은 한 번에 할머니의 말뜻을 알아차린 모양이다. 집 안을 향해 소리를 질렀다.

"성민아! 성민아!"

잠시 후 현관문을 열고 나온 남자아이. 지난번 봤을 때보다 훌쩍 커 있었다.

"성민아, 예서 알지?"

성민이 예서를 곁눈질로 흘끔 보더니 내답했다.

"아니."

"예서가 터미널 간다니까 시간 맞춰서 버스 좀 태워 보내라."

"내가 왜?"

"방학이라고 허구헌 날 방구석에서 빈둥거리지만 말고……."

"아! 알았어. 알았어. 갈게."

아주머니가 예서를 보며 말했다.

"성민이가 버스 정류장에 데려다 줄 거야. 가는 길은

성민이한테 물어보면 된다."

"네, 감사합니다."

예서는 아주머니를 향해 인사를 했다. 성민은 시계를 보더니 툴툴대며 앞장서 걷기 시작했다. 다소 퉁명스럽긴 했지만 성민은 버스 시간표와 버스 정류장에 대해 상세히 알려주었다.

"알겠지? 여긴 시골이라 늦으면 버스 없으니까 시간 잘 봐."

"응."

예서가 고개를 끄덕였다.

"전화번호…… 알려줄까?"

의외의 말에 예서가 고개를 돌려 성민을 보며 말했다.

"전화번호?"

"응. 집에 올 때 길 잃으면 안 되잖아. 딱 보니까 길 잃어버리게 생겼고만."

"너한테 전화하라고?"

"응."

"그래도 돼?"

"응."

"그래, 그럼 알려줘."

예서가 휴대폰을 내밀자 성민이 버튼을 눌러 전화번호를 입력했다.

"엄마 거야. 난 핸드폰 없어. 중학교 가면 엄마가 사준대."

"응, 알았어. 혹시 길 모르면 전화할게."

성민은 다른 곳을 쳐다보며 건성으로 고개를 끄덕였다. 멀리서 버스 오는 소리가 들렸다. 예서는 소리 나는 곳으로 고개를 돌렸다. 시골의 버스 정류장에는 성민과 예서 둘뿐이었다. 매미 소리가 시끄럽게 울렸다. 버스가 털털거리며 가까워지자 예서는 버스 탈 준비를 했다. 버스가 설 만한 곳으로 가까이 다가서는데 성민이 말했다.

"왜 우리 집에 안 왔어?"

"응?"

"지난번에는 왔잖아."

"아……."

버스가 먼지를 일으키며 정류장에 들어섰다. 예서가 성민의 질문에 대답을 못 하고 망설이고 있는 사이 성민은 뒤돌아 뛰어가 버렸다. 까만 피부의 깡마른 남자아이. 예서는 당혹스러움에 눈을 깜박이다가 버스에 올라탔다.

 다행히 예서는 늦지 않게 할머니 집으로 돌아올 수 있었다. 시내버스에서 내려 작은 버스 터미널에서 버스를 갈아탔다. 처음에는 정신을 차리고 있자고 다짐했지만 제 시간에 시외버스를 타자 안도감에 이내 무너져 내렸다. 자다 깨기를 반복하다 보니 어느새 목적지에 다다랐다. 다행히 버스 정류장에 아빠가 마중 나와 있었다. 예서가 버스에서 내려 두리번거리기도 전에 아빠가 예서를 알아보고 이름을 불렀다. 일주일 만에 만난 아빠가 그렇게 반가울 수가 없었다.
"엄마는 좀 어때?"
"음……, 좋아졌다, 나빠졌다 그러고 있어."
"……괜찮은 거야?"
"사실 그렇지 않아. 그래서 아빠도 오늘 잠깐 나온 거야. 할머니 집까지 데려다주지는 못 할 것 같아."
"그건 괜찮아. 성민이가 돌아오는 길을 알려줬거든."
"성민이?"
"응."
"아랫마을 빨간 벽돌 아주머니 집 손자 말이야?"

"응! 조심히 오라고 전화번호도 받았어."

아빠가 짧게 웃음을 터트리더니 예서에게 물었다.

"그 머리 장식으로 뭘 하려고?"

"아오에게 돌려줘야지. 그래야 아오가 집으로 돌아갈 수 있대."

예서가 아빠에게 그간 있었던 일을 설명해 줬지만 아빠는 깊이 관심을 두지 않았다. 빙그레 웃으며 예서의 이야기를 듣고 있었다. 사람과 대화하는 도마뱀이라니. 예서가 생각해도 이상했다.

"아빠."

"응?"

"아빠는 할머니가…… 사실은 일본 사람이라는 것을 알았을 때 어땠어?"

"어땠냐고?"

"응."

"글쎄. 처음에는 놀랐지만 그렇다고 어머니가 다른 사람이 되는 건 아니잖아. 일본 사람이든 한국 사람이든 어머니는 여전히 내 어머니지."

"아무렇지 않았어?"

"그렇진 않았지만 아빠는 오히려 할머니가 말을 할

수 있는 사람이었다는데 놀랐지."

"그럼 할머니한테 왜 그동안 말을 안 했냐고 묻지는 않았어?"

"응, 물어볼 수 없었어."

"왜?"

"사람이 말을 하지 않는다는 건 쉬운 일이 아니야. 그런데도 어머니가 입을 닫기로 했다는 건 뭔가 큰 결심이 있었을 거라고 생각했어. 어머니가 그 정도의 결심을 하게 된 데는 가족 말고는 없었을 거야. 어머니는 혈혈단신이었기 때문에 가족이라고는 나와 아버지뿐이었거든. 그래서 어머니를 믿었던 것 같아."

어렸을 적 아버지에게 들은 것이 전부였다. 조부모는 아버지가 어렸을 적에 돌아가셨고, 고모가 하나 있었지만 전쟁으로 죽었다. 외조부모 역시 없다. 이모가 있다고 들었지만 아버지는 한 번도 어머니의 자매를 만난 적이 없었다. 이런 이야기를 해주던 아버지의 표정이나 상황이 기억나지는 않았지만, 승재의 질문에 대한 대답이었다는 것은 기억이 난다. 아마도 왜 우리는 명절에 집에만 있냐고 물었던 것 같다. 기억이 기물가물하다.

아빠가 운전대를 잡고 정면을 바라보며 이어 말했다.

"어머니는 일제강점기와 6.25를 지낸 이방인이야. 전쟁을 두 번이나 겪었지. 나는 겪지 못했지만……. 예서야, 이 전쟁의 공통점이 뭔지 아니?"

"우리나라에서 일어난 전쟁이라는 거?"

아파트 정문으로 차가 우회전을 하며 진입했다.

"그래, 그리고 하나 더 있어."

"뭔데?"

"전쟁은 끝났지만 모두 패전국이라는 사실. 우리나라와 일본. 한국과 북한. 어느 곳도 자신이 승전국이라고 말하는 곳이 없단다."

차가 속도를 늦춰 아파트 지하 주차장으로 들어섰다. 강하게 내리쬐던 햇빛이 한순간 사라졌다. 예서는 아빠의 말을 곱씹었다. 모두 패전국이라.

"전쟁이 그래. 끝나고 나면 서로의 피해만 주장하지."

아빠가 씁쓸한 웃음을 지었다. 후진 기어를 넣고 고개를 돌려 주차하는 아빠의 옆모습을 보며 예서는 아무 말도 할 수 없었다. 한 번도 진지하게 생각해 본 적이 없었다. 전쟁이라는 말은 예서에게 너무 먼 이야기였다.

"자, 이제 집에 올라가자."

집에 도착하자 아빠가 안방 문을 열고 이불장 앞에 섰다. 이불장 손잡이를 잡고 예서를 보더니 미소를 지었다.

"여기 있었어? 내내?"

"응, 여기 있었지."

그리고 장롱 안 가장 깊숙한 곳으로 손을 집어넣더니 오래된 필통을 꺼냈다.

"아빠가 고등학교 다닐 때 썼던 필통이야. 이게 가장 적당하다고 생각했지."

아빠가 필통에 달린 지퍼를 열고 아래로 내리자 기대했던 머리 장식이 수줍게 고개를 내밀었다.

"……이거야?"

실제로 머리 장식을 본 예서는 약간 실망했다. 일본 머리 장식이라고 해서 굉장히 화려한 머리핀을 상상했지만 눈앞에 놓여 있는 장식은 소박하고 간결했다. 반면에 아빠는 만면에 미소를 지으며 머리 장식을 두 손으로 받쳐 들고 있었다.

"예쁘지?"

"비녀야?"

part. 1 할머니의 세상

머리 장식은 비녀처럼 길고 가늘었는데 끝에 부채꼴 장식이 달려 있었다. 그 부채꼴 장식에 작은 산호가 박혀 있었다. 산호는 아오의 말처럼 붉은색이었지만 가늘고 긴 부분은 색이 바래고 녹이 슬어 있었다.

"이거 색이 왜 이래?"

"음, 아마 은이라서 그럴 거야. 잘 닦아주면 다시 원래의 색으로 돌아갈 거야."

"이거 어떻게 쓰는 거야?"

"아빠도 모르지. 아빠는 평생 머리가 길었던 적이 없으니까."

 예서가 물끄러미 머리 장식을 바라보다가 손을 들어 아빠에게 장식을 건네받았다.

"할머니한테 보여드릴래."

"바로 갈거니?"

"응, 빨리 할머니한테도 보여드리고, 아오한테도 알려주고 싶어."

"그래, 그러자."

 집에 온 지 채 10분도 되지 않아 예서는 다시 할머니 집으로 돌아가기 위해 신을 신었다. 크로스백 안에는 아빠의 오래된 가죽 필통에 담긴 머리 장식이 잠들어 있었다. 빨리 돌아가고 싶었다. 할머니와 아오에게 머리 장식을 보여주고 싶었다.

  할머니 집으로 돌아오는 버스에서 내리자 놀랍게도 버스 정류장에 성민이 앉아 있었다. 성민은 버스에서 내리는 예서를 흘끔 쳐다보더니 자리에서 일어나 엉덩이를 탁탁 털었다. 그리고는 아무 말도 하지 않고 등을 돌려 마을을 향해 걷기 시작했다. 어리둥절한 예서는 움직이지 않고 그 자리에 가만히 서 있었다. 앞서 걷던 성민이 뒤를 돌아보더니 예서가 보이지 않자 고개를 길게 빼고 주변을 두리번거렸다.
"빨리 와."
"나?"
"그럼 여기에 너 말고 다른 사람 있어?"
예서가 성민이 서 있는 곳으로 걸음을 떼며 물었다.
"나 기다린 거야?"
"아니."
"그럼 왜 여기 나와 있어?"
"그냥."
대답을 들은 예서가 걸음을 멈췄다. 성민은 등을 보

이며 걷다가 또 뒤를 흘끔 보고 멈췄다. 아무리 봐도 예서가 잘 따라오는지 확인하는 것 같았다.

"뭐해?"

"고마워."

예서가 작은 목소리로 말했다. 예서의 말이 들렸을까? 순간 성민이 당황한 표정을 짓더니 황급히 뒤돌아 급한 걸음으로 걷기 시작했다.

"야! 잠깐만, 같이 가."

예서가 총총걸음으로 성민의 뒤를 따라 뛰었다.

"할머니, 이거 봐. 아빠가 줬어."

예서가 가방에서 낡은 필통을 꺼내 지퍼를 열자 빛바랜 오래된 머리 장식이 나왔다. 예서는 가슴이 두근두근 뛰었다. 할머니는 과연 머리 장식을 알아보실까? 조심히 필통에서 머리 장식을 꺼내 할머니 앞에 내려놓자 할머니는 집중해서 머리 장식을 바라보았다. 그리고 예서는 걱정은 기우였다는 것을 알았다. 할머니는 한눈에 머리 장식을 알아보았다. 할머니의 눈에 눈물이 차오르기 시작하더니 덜덜 떨리는 손을 내밀어 머리 장식을 잡았다. 할머니의 입에서 알 수 없는 작은 소리가 새어 나왔다. 아무래도 일본말인 것 같았다. 할머니는 머리 장식을 두 손으로 잡고 얼굴에 가까이 갖다 댔다. 그러더니 허리를 숙이고 손으로 머리 장식을 부여잡은 채 이마를 땅에 댔다. 일본말을 연신 중얼거리며 할머니는 그렇게 울었다. 무슨 말씀을 하시는 걸까? 무슨 생각을 하시는 걸까?

"……할머니, 괜찮아?"

예서의 목소리는 들리지 않는 것일까? 할머니는 한참을 그렇게 머리 장식을 붙잡고 울었다.

"아! 맞아! 이거야! 내 붉은 산호!"

아오가 머리 장식에 박혀 있는 작은 산호를 보고 탄성을 질렀다.

밤이 되고 하루 종일 태양열에 지글거리던 땅이 시원해지자 아오가 집으로 찾아왔다. 할머니는 진정이 된 상태였고, 예서는 할머니에게 붉은 산호가 아오의 것임을 상기 시켜주고 있던 터였다. 붉은 산호를 본 아오는 할머니처럼 울지 않았다. 하지만 기뻐하는 마음은 감출 수가 없었다. 바닥에 놓은 머리 징식을 두고 빙글빙글 돌며 한없이 기뻐했다.

part. 1 할머니의 세상

"이거야! 맞아!"

파란 작은 몸과 사파이어처럼 빛나는 파란 눈동자로 아오는 환희했다.

"이제 집으로 돌아갈 수 있는 거야?"

에서가 아오에게 물었다. 아오는 고개를 들어 에서를 바라보았다.

"응! 집으로 갈 수 있어. 이 산호가 집으로 가는 길을 알려줄 거야!"

그때 할머니가 아오의 파란 몸을 손가락으로 꾹 눌렀다.

"힉! 왜 그래? 하나코!"

놀랍긴 에서도 마찬가지였다.

"할머니, 왜 그래?"

할머니가 아오에게서 눈을 떼지 않은 채 말했다.

"우리 집, 술 도둑."

"응?"

"술 먹어."

"할머니, 아오를 본 적이 있어?"

"저기 붙어 있다."

할머니는 안방 벽에 조르륵 세워 놓은 담금주를 가

리키며 말했다.

"그건 하나코가 나를 위해 만들어 놓은 거잖아!"

아오가 소리를 질렀다. 할머니가 손가락을 잠시 떼더니 다시 아오의 꼬리를 꾹 눌렀다.

"꽥!"

할머니가 웃으며 말했다. 예서는 당황했지만 곧 할머니를 따라 웃었다. 아오는 심통 난 표정으로 그 자리에 가만히 엎드려 있었다.

"아오는 할머니가 일부러 술을 만들어 놓았다고 하던데?"

"처음에는 아니었다."

할머니가 아오를 누르고 있던 손을 치웠다. 그러자 아오가 재빨리 예서 옆으로 도망갔다.

"어느 날 술 먹고 배를 내놓고 자고 있었다. 집어서 마당에 버렸다."

"아! 기억나! 깨어나 보니 밖이었지. 조금만 늦었다면 난 말라 죽었을지도 모른다고."

아오가 툴툴거리며 말했다.

"할머니, 아오의 말을 알아들을 수 있어?"

갑자기 생각난 예서가 할머니에게 물었지만 할머니

는 고개를 저었다.

"도마뱀. 말 몰라."

"나랑 이야기했잖아! 하나코! 날씨가 덥다고, 어느 날은 비가 온다고."

할머니는 아오를 보며 연신 벙긋했다.

"꽥!"

아무래도 할머니는 아오의 흉내를 내는 모양이다. 예서도 웃음이 나온다. 이렇게 활기찬 할머니를 언제 봤던가. 아오가 예서의 다리에 앞발을 올려놓았다.

"붉은 산호도 찾았으니 이제 집으로 돌아가야 해. 언니들이 기다리고 있을 거야."

"그럼 바다가 있는 곳으로 가야 해?"

"돌아가는 길은 나도 잘 모르지만, 산호가 알려 줄 거야. 물은 모두 연결되어 있으니 일단 뒷산에 있는 내 보금자리에서 시작해 보려고."

"아……, 그럼 이제 헤어져야 하네?"

"잠깐만, 나는 저 머리 장식을 들고 갈 수 없어. 네가 좀 들어다 줄 수 있겠어?"

"뒷산까지? 그 정도야 해 줄 수 있지."

"그럼 부탁해."

예서는 할머니에게 아오와의 대화를 설명했다. 할머니는 쓸쓸한 눈으로 머리 장식을 바라보았다.

"저……, 아오. 혹시 산호만 필요한 거면 나머지 은장식은 할머니에게 돌려드려도 될까?"

"상관은 없지만 은장식을 가져가려면 우리 큰 언니가 산호를 분리해야 할 거야. 나와 같이 우리 집으로 가야 해."

"어……, 그래? 집은 여기에서 멀까?"

"멀다면 멀고, 가깝다면 가깝겠지."

"그럼…… 일단 갖고 가보자."

예서가 자리에서 일어서자 아오가 할머니에게 다가갔다. 할머니는 신기한 눈초리로 아오를 바라보았다. 아오가 앉아 있는 할머니의 무릎에 앞발을 대고 말했다.

"산호를 맡아줘서 고맙다. 나는 이제 집으로 돌아간다. 손녀를 며칠만 빌릴게. 머리 장식의 나머지는 손녀의 손에 보내겠다."

진지하게 말하는 아오를 보고 예서가 말했다.

"아오, 할머니는 아무래도 너에 말을……"

그때 할머니가 아오의 말에 답하듯 아오를 바라보며 말했다.

part. 1 할머니의 세상 .183

"分かった.(알았다.) その子を 安全に 行かせる(그 아이를 안전하게 보내다오.)"

 뒷산 작은 연못가에 도착했다. 아오가 연못 가장자리에 네발로 서서 연못을 한참 동안 바라보았다.
"이제 이곳을 떠날지도 모른다고 생각하니까 기분이 이상해."
"오래 있었으니까."
 아오가 앞으로 움직여 흔들리는 물결 위에 앞발을 올려놓았다. 찰박이는 소리가 들렸다.
"산호를 이리로 줘."
 아오의 말에 예서가 쪼그리고 앉아 아오의 옆에 머리 장식을 내려놓았다.
"아니야, 한 손에는 머리 장식을 들고, 다른 손으로는 내 몸통을 잡아."
 아오가 시키는 대로 예서가 움직이자 아오가 앞으로 더 걸어갔다. 앞발이 물에 잠기기 시작했다. 물에 잠긴 앞발은 예서의 피부색과 똑같은 색으로 바뀌었다.
"언니, 내가 돌아왔어. 언니의 붉은 산호를 찾아서 돌아왔어."

예서가 보기에는 아오가 허공을 보며 말하는 것 같았다. 그런데 놀랍게도 아오의 말이 끝나자 잔잔한 호수의 물이 물방울이 되어 위로 떠올랐다. 처음에는 헤아릴 수 있을 정도의 수였지만 점점 많은 물방울이 허공으로 떠오르더니 한순간 물줄기가 되어 예서와 아오를 감쌌다. 예서는 눈을 꼭 감았다. 무슨 일이냐고 묻고 싶었지만 입을 벌린 순간 물이 입안으로 거칠게 흘러들어왔다. 놀란 예서가 입을 닫고 눈을 감았다.

다음 순간, 작은 연못에는 아무도 없었다.

PART. 2
아오의 고향

***

 눈을 뜨자 나풀나풀 움직이는 것이 시야에 들어왔다. 예서는 손을 들어 눈앞에 흔들리는 것을 잡으려 했지만 그것은 금세 손아귀를 빠져나갔다. 유연하고 아름답게 움직이는 것. 이게 뭐지? 어디에서 봤더라? 몽롱한 상태에서 홀린 것처럼 생각에 빠져든다. 기억났다. 할머니 집 근처에 있는 개울가. 아랫마을에 사는 한 살 어린 남자아이와 잠수 대결을 했을 때 얼굴 옆에서 흔들리던 머리카락. 부드럽게 물결을 따라 움직이던 머리카락이 아름답게 보인다고 생각했었지. 인어공주도 바다에서 움직일 때는 머리카락이 이렇게 하늘하늘 움직일까? 지금 눈앞에서 물결치는 머리카락은 누구 머리카락이지? 파란색으로 보이니 내 머리카락은 아닐 텐데. 파란색……. 예서는 다시 손을 뻗어 머리카락을 잡으려고 허공에서 손을 흔들었다. 몇 번의 헛손질 후 드디어 머리카락이 손에 잡혔다.
 "이얏!"
 작지만 날카로운 비명 소리에 정신이 번쩍 든다. 꿈

이 아니었나?

"왜! 왜 내 머리카락을 잡아 뜯는 거야?"

아오? 아오의 목소리? 아오는 어디 있지?

소리가 나는 곳으로 고개를 돌리려고 하는데 몸이 허공에 떠 있다는 것을 깨달았다. 급하게 숨을 들이마시자 기침이 쏟아져 나온다. 발이 바닥에 닿지 않는다. 어디지? 여긴 어디고 나는 살아 있는 것일까?

콜록 콜록.

누군가의 얼굴이 불쑥 올라온다.

"숨 쉬어! 넌 할 수 있어! 긴장을 풀고 몸을 늘어뜨려!"

여전히 물결을 따라 나풀거리는 머리카락. 에메랄드처럼 파란 눈동자. 아오다. 하지만 물이 들어와 기침이 멈추지 않고 긴장을 풀기 쉽지 않다. 순식간에 눈의 튀어나올 것 같더니 이내 타들어 갈 것 같다.

"숨 쉬어!"

미끌미끌한 아오의 손이 예서의 얼굴을 가로질렀다. 아오의 손에 힘이 들어가더니 예서의 코와 입을 막았다. 예서는 아오의 팔을 잡고 버둥거렸다. 숨을 쉴 수가 없다.

"움직이지 마! 나를 봐. 내가 숨을 내뱉으라고 하면

내뱉어!"

 아오의 말을 알아들은 예서는 아오가 시키는 대로 따라 하기 위해 노력했다. 쉽지 않았지만 숨을 멈추고 몸에 힘을 빼기 위해 안간힘을 썼다. 자꾸 기침이 올라왔지만 시간이 지나자 기침이 조금씩 잦아들었다. 하지만 폐에 남아 있는 공기도 없어지는 것 같았다.

 "넌 충분히 숨을 쉴 수 있어. 언니가 그렇게 만들어 줬으니까. 지금 조금만 숨을 들이마셔."

 아오가 예서의 얼굴을 잡고 있던 손에 힘을 조금 풀었다. 의심할 여지가 없다. 예서는 지금 아오와 물속에 있다. 그런데도 숨을 들이마시라니. 그런데 놀랍게도 공기가 폐로 들어온다.

 "이제 내쉬어. 후우-."

 예서는 아오가 시키는 대로 숨을 들이마시고 내쉬었다. 또 한 번 호흡하는 데 성공했다.

 "잘했어. 물속에도 공기가 있어. 인간이 살 수 있을 만큼 많은 공기는 아니지만 너는 지금 물고기니까 괜찮아."

 "뭐?"

 내가 물고기라고? 급하게 말을 내뱉자 또 폐에 물이

차는 것 같다. 아오가 인상을 쓰며 고개를 저었다.

"안 돼! 천천히! 잊었어?"

예서는 아오가 알려준 호흡을 다시 따라 하며 팔을 위로 올렸다. 분명 예서의 몸에 팔이 붙어 있고 팔 끝에는 손이 달려 있다. 다만 손가락 사이에는 물갈퀴가 달려 있었다. 예서는 놀란 눈으로 손을 쫙 편 채 눈앞에서 손을 앞뒤로 뒤집어 보았다. 분명 예서의 손이다. 그런데 물갈퀴는 어디에서 나온 거지? 예서는 왼손을 들어 오른손 검지와 중지 사이에 달려 있는 물갈퀴를 꼬집어보았다. 아프다. 분명 아픈 느낌이 난다. 얕은 호흡은 점점 정상적인 호흡으로 돌아왔다. 아오가 예서의 얼굴을 잡고 있던 손을 스르륵 놓았다. 정확하게는 코와 입을 막고 있던 손을. 그리고 웃으며 예서의 눈앞에 아오의 손을 흔들었다. 작고 앙증맞았던 앞발은 예서의 손만큼이나 커져 있었고 아오 역시 물갈퀴가 있었다. 파란색 손과 그보다 연한 파란색의 물갈퀴. 손목에서 팔꿈치까지 이어진 팔에도 무언가 달려 있었다. 물고기 지느러미 같은 것이. 얇고 길게 붙어 있는 파란색 지느러미. 예서의 팔에는 없던 지느러미.

"아오야?"

예서가 천천히 말을 내뱉었다. 아오가 싱긋 웃더니 고개를 끄덕였다.

"응. 언니가 너도 초대해 줬어."

"그걸 어떻게 알아?"

아오가 예서의 손을 잡고 예서의 눈높이까지 끌어올렸다. 그리고 손가락 사이에 붙어 있는 물갈퀴를 잡았다.

"이게 없으면 들어오지 못하지."

"나는 지금 물고기 모양이야?"

"아니, 땅에 있을 때의 네 모습과 비슷해. 하지만 물에서 숨을 쉬어야 하니까 언니가 물고기의 부레를 잠깐 넣어주었어. 그러니까 천천히 숨 쉬어."

예서가 고개를 끄덕였다. 아오는 다시 싱긋 웃더니 머리를 아래로 움직여 물살을 갈랐다. 유연하게 움직이는 아오의 모습이 아름다웠다. 파란색 머리카락과 긴 지느러미도 고아해 보였다.

"너는 왜 모습이 바뀐 거야? 도마뱀이었잖아."

예서가 가리앉지 않기 위해 다리를 비둥대며 아오에게 물었다. 그 모습을 본 아오가 웃음을 터트렸다.

"그러지 않아도 돼. 인간들이 수영하는 것처럼 버둥대지 않아도 넌 움직일 수 있어. 언니가 그렇게 만들었다니까."

아오가 예서에게 다가오더니 두 손을 잡고 말했다.

"여기는 바다야. 뭍의 물이 아니기 때문에 원래 내 모습으로 바뀐 거야."

아오의 얼굴이야말로 물고기처럼 생겼다. 가운데가 불룩 튀어나온 얼굴에 크고 파란 눈동자. 작은 입술. 코로 보이는 작은 구멍 두 개는 세로로 길게 나 있었는데 닫혔다 벌어졌다 하며 숨을 쉬는 것 같았다. 그리고 긴 머리카락. 사람과 물고기의 특징이 모두 보이는 얼굴이었다. 예서가 물어봤던 인어와는 다른 모습이지만 비슷한 곳도 있었다. 아오의 몸 앞쪽은 예서와 같은 피부색이지만 머리카락과 등, 팔의 뒤쪽과 어깨는 파란색이었다. 매끈한 파란색. 몸의 뒤쪽은 등뼈를 따라 마디처럼 툭툭 튀어나와 있었는데 역시 모두 파란색이었다. 아오에게 다리는 없었다. 인어공주처럼 지느러미로 되어 있었지만 달랐다. 상체와 하체의 색이 다른 인어가 아니라 같은 색으로 이어져 있었다. 등에서부터 튀어나온 마디는 꼬리 끝까지 연결되어 있었고 마지막에는 커다란 지느러미 한 쌍이 달려 있었다. 물고기의 얼굴에 상체는 사람처럼, 하체는 지느러미가 달린 해마처럼 보였다. 이질적인데도 이상하게 화려해 보였다. 눈을 뗄 수가 없었다.

"아오, 너…… 예쁘다."

예서의 말에 아오가 방긋 웃었다.

"가자, 거의 다 왔어."

"어디로 가야 하는데?"

"저쪽으로. 저기가 내 고향이야."

물을 따라 나풀거리는 아오의 풍성한 머리카락 뒤로 보이는 것은 커다란 산호와 바위, 큰 동굴이었다. 처음 아오의 이야기를 들었을 때 아오의 고향이 바닷속에 있으므로 은연중에 어두울 거라 예상했지만 전혀 그렇지 않았다. 뭍에서만큼 밝지는 않았지만 동굴에서는 은은하게 빛이 새어 나오고 있었고, 산호초는 여러 색으로 물들어 있으며 물결을 따라 이리저리 흔들리는 해초들이 환상적인 느낌을 자아냈다. 흔하게 보이는 바위마저도 예서가 보던 바위보다 더욱 다채로운 색으로 빛나고 있있다. 게다가 주위에는 여러 종의 바다생물이 자유롭게 헤엄치고 있었다.

"아오! 너는 정말…… 아름다운 곳에서 살았구나!"

감탄스러웠다. 아오가 가리킨 동굴은 그야말로 한 폭의 그림 같았다.

"인어공주가 이런 곳에서 살았을까?"

"그런 건 없다니까 그러네."

아오가 예서의 손을 잡은 채 앞으로 헤엄쳐 나갔다. 부드럽고 따듯한 물살이 예서의 몸을 훑고 지나갔다. 기분이 좋았다. 오른손을 아오와 잡은 채 예서는 왼팔을 휘휘 저어 앞으로 나아갔다. 아오의 손을 잡고 헤엄치자 멀리 보였던 동굴에 금세 도착했다.

"아오, 여기까지는 어떻게 왔어? 우리는 할머니 집 뒤에 있는 연못에 있었잖아."

예서가 아오를 따라가며 물었다.

"붉은 산호가 길을 알려줬어. 넌 물을 먹고 바로 기절한 것 같더라. 붉은 산호는 언니와 연결되어 있어서 언니가 금방 알아차렸지."

"언니랑 연결되어 있으면 왜 그동안 산호를 못 찾았을까?"

"물과 산호, 언니가 하나로 묶여 있어. 자, 산호를 만져봐."

아오가 손을 내밀자 할머니의 머리 장식이 보였다. 예서는 붉은 산호가 박힌 장식에 손가락 끝을 대었지만 아무 느낌도 없었다. 이것이 어떻게 길을 알려준다는 것일까?

"잘 모르겠는데……."

"응? 움직이잖아."

"뭐?"

눈에 힘을 주고 머리 장식의 붉은 산호를 보았지만 미동도 없었다.

"움직인다고? 전혀 그렇게 안 보이는데?"

"보이지 않지만 느껴져. 지금도 진동하고 있잖아."

아오의 말을 들은 예서가 다시 붉은 산호를 만졌지만 아무것도 느껴지지 않았다.

"난 모르겠어. 너만 느낄 수 있나 봐."

"……어쩌면 네가 사람이라서 그럴지도 모르겠다. 그렇지 않고서야 붉은 산호를 이렇게 동그랗게 깎을 생각을…… 우리는 못 하지."

순간 미안하다는 감정이 들었다. 아오가 특별히 예시를 비난한 것이 아니라는 걸 알면서도 미안한 마음이 들었다. 아오의 말처럼 아오는 인간이 아니다. 오직 인간만이 자신들의 아름다움의 기준을 위해서 다른 것을 파괴하는 것일까?

"너희는…… 산호를 발견했는데 모양이 마음에 들지 않으면 어떻게 해?"

예서가 고개를 들지 못한 채로 웅얼거리며 물었다.

"그럼 다른 것을 찾지. 그런데 다들 저마다 모양으로 예쁘잖아. 꼭 내 마음에 들어야 해? 그게 중요해?"

아오가 뭐 이런 것을 다 묻느냐는 표정으로 말했다. 하지만 예서의 얼굴은 순식간에 붉어졌다. 부끄러웠다. 다행히 그때 여기저기에서 소리가 들렸다. 아오를 부르는 소리가.

"아오?"

"아오잖아!"

"아오!"

아오는 소리가 나는 곳으로 고개를 돌렸다. 동굴 안에서 아오와 같은 생김새의 다른 이들이, 해초가 넘실넘실 흔들리는 분홍색으로 불든 바위에서도 다른 이들이, 동굴 위에서 아오를 발견하고 빠르게 내려오는 이들이 모두 아오를 바라보며 아오의 이름을 부르고 있었다. 그들을 확인한 아오의 얼굴도 환하게 밝아졌다.

"아쿠!"

파란색으로 빛나는 아오의 눈이 더욱 커지고 반짝였다. 가족과 상봉한 아오가 기뻐하고 있었다. 얼마만의 만남일까? 아무런 준비도 없이 아오는 쓰나미에 휩쓸려 한순간 가족이 이별해야 했다. 아오는 예서의 손을 놓은 채 동굴 위로 쏜살같이 헤엄쳐 올라갔다. 그리고 아오와 비슷하게 생긴 이와 부둥켜안았다. 예서도 그들을 바라보았다. 반가움과 환희에 휩싸인 그들을. 어느새 예서도 웃고 있었다. 오랜 시간 가족에게 돌아갈 길을 찾던 아오가 드디어 가족과 만났다. 웃고 있는 아오는 행복해 보였다.

"아이야, 아오와 함께 왔구나."

예서가 고개를 돌렸다. 아오와 비슷하지만 붉은 머리카락이 넘실대는 이가 예서에게 말했다. 아오의 파란 등 대신 그녀의 등을 붉은색을 띠었으며 검고 깊은 눈동자를 갖고 있었다.

"아……, 안녕하세요."

검은 눈동자를 반짝이며 그녀가 웃었다. 웃는 모습이 아오와 닮았다.

"난 아오의 큰 언니란다. 아로라고 하지. 지금 아오

를 얼싸안고 좋아하는 이는 내 동생이자 아오의 둘째 언니야. 아쿠지."

"네……."

예서가 고개를 돌려 다시 한번 아오와 아쿠를 바라보았다.

"네가 아오를 도와줬구나. 붉은 산호를 찾을 수 있도록 말이다."

"아……, 도와줬다고 할 수 없어요. 저는 아무것도 한 것이 없는걸요."

"아오는 한참 동안 이곳으로 돌아오지 못했어. 바다는 넓어서 혼자서는 올바른 길을 찾을 수가 없거든. 네가 도와줘서 이제야 동생이 집으로 돌아올 수 있었구나. 고마워."

아로의 칭찬에 예서는 부끄러워졌다. 오히려 아오와의 만남으로 몰랐던 것을 알 수 있었는데. 할머니가 일본 사람이었고, 사실은 말할 수 있다는 것을. 할머니가 어떤 삶을 살았는지를.

"언니!"

어느새 아오가 곁에 와 있었다. 아오는 예서 옆을 휙 지나쳐 아로의 품으로 뛰어들었다. 아오가 서 있던 자리에는 아쿠가 있었다. 아쿠의 등과 지느러미, 머리카락은 온통 초록색이었다. 이 자매가 지닌 색은 모두 달랐다. 물이 흔들리는 대로 나풀나풀 움직이는 초록색 머리카락도 아름다웠다. 예서는 아쿠의 머리카락을 바라보다가 아쿠의 등 뒤에 서 있는 다른 이들을 바라보았다. 빛에 따라 명암이 다르긴 했지만 대부분 초록색이다. 오직 아오만 파란색이고, 아로만 붉은색이었다. 예서의 생각을 눈치챘는지 아쿠가 예서를 향해 가까이 다가서더니 말했다.

"난 아쿠야. 아오의 언니지. 반가워."

"네, 안녕하세요."

"아오를 이렇게 다시 만날 수 있다니, 너무 행복하구나."

예서를 바라보는 아쿠의 얼굴에 행복감이 가득했다.

"저도 좋네요."

"우리는 대부분 초록색이야. 아오만 특별히 파란색이지. 파란색 누어인은 고난이 많다더니 정말인가 봐."

"누어인이요?"

아쿠가 예서를 보고 천천히 그리고 깊이 눈을 감았다 떴다. 큰 초록색 눈동자.

"아오, 아타도 만나봐야지. 아타가 너무 어렸을 때 네가 떠나서 네 얼굴이나 제대로 기억할지 모르겠다."

아로가 아오의 얼굴을 잡고 말했다.

"자, 모두 들어가자."

아로가 말하자 모두들 동굴을 향해 헤엄치기 시작했다. 예서는 어째야 할지 몰랐다. 그러자 옆에 서 있던 아쿠가 예서의 어깨를 건드렸다.

"같이 가야지. 아오와 함께 온 손님인데, 그렇지?"

아쿠가 예서의 손을 잡더니 동굴로 이끌었다.

동굴 내부는 무수히 많은 구멍이 송송 뚫려 있었다. 아무래도 현무암인 것 같다고 예서는 생각했다. 이름을 알 수 없는 빛을 내는 식물들과 반짝이는 장어들도 보였다. 동굴 내부에서 흐르는 물은 더욱 따듯했다. 예서와 함께 헤엄치는 아쿠가 가끔 식물의 이름을 알려줬지만 기억에 남는 것은 하나도 없었다. 모두 생소한 이름이었다. 하지만 하늘하늘 움직이는 식물들은 더할 나위 없이 아름다웠고, 나풀나풀 꼬리치는 물고기나 장어들도 신기했다. 동굴 내부는 밖에서 보는 것보다 넓었다.

"우리 자매는 모두 네 명이야. 붉은색의 큰 언니는

아로라고 하는데, 신비하고 복잡한 힘을 갖고 있지. 붉은색은 아무나 가질 수 없는 색이야. 나와 막냇동생 아타는 다른 누어인처럼 초록색이야. 아오는 특이하게 파란색이지. 태어날 때부터 파란색이었어."

 아오와 아로는 앞장서 헤엄쳤다. 둘은 그동안 있었던 일을 이야기하는데 여념이 없었다. 에서의 옆은 아쿠가 지키고 있었다. 친절하고 다정한 아쿠는 에서에게 누어인과 동굴에 대해 설명하기 위해 쉬지 않고 말해야 했다. 동굴 안의 수많은 갈림길을 이들은 대체 어떻게 알고 찾아가는 건지 에서는 이해하기 어려웠다. 동굴 내부는 신비로웠지만 대체적으로 비슷해 보였고 구조는 복잡했다. 굽이굽이 헤엄치던 누어인들이 드디어 어느 한 곳에 멈추었다. 작은 방처럼 보이는 내부에는 아무것도 없었다. 인간이 사용하는 방과는 너무나 다른 모습이었다. 커다란 구멍이 문인 것 같았다. 일행은 유유히 헤엄쳐 구멍 안으로 들어갔다. 벽은 여전히 무수히 많은 구멍이 송송 뚫려 있었고 안으로 더 깊이 들어가자 작은 구멍이 나타났다. 한 번에 한 명씩만 통과할 수 있을 정도의 작은 구멍. 가장 먼저 아로가 구멍을 통과했다. 그다음에는 아오가,

다음에는 예서였다. 아쿠가 예서의 어깨를 밀어 먼저 들어가도록 종용하고 자신은 가장 마지막에 구멍을 통과했다. 내부에는 산호초가 가득했다.

"이곳은 무엇을 하는 곳인가요?"

예서가 소리죽여 아쿠에게 물었다.

"언니가 사용하는 곳인데 주로 상처를 치유하는 곳이야."

"산호초 말고는 아무것도 없는데요?"

"언니의 힘이 필요한 곳이지. 다른 건 필요 없어. 그리고……."

하다못해 침대도 없나요? 라고 묻고 싶었지만 이내 관뒀다. 침대는 인간이 만들어낸 것이 아닌가. 이곳은 인간의 손이 닿지 않는 곳이다. 아오와 아로가 산호초 사이를 헤엄쳤고 예서도 그 뒤를 따랐다. 무엇인가 보였다. 바닥에. 방 안을 가득 채우고 있는 산호초 사이의 부드러운 흙바닥에 무엇인가가 보였다.

누어인. 연한 초록색의 누어인이 그 곳에 누워있었다.

"아타!"

아오가 알아보고 재빨리 다가갔다. 이름을 알아들은 예서가 급히 숨을 들이마셨다. 아타라고? 아오의 막내 동생?

한때는 초록색이었을 아타의 머리카락은 하얗게 빛바랜 채 바닥에 널려 있었고, 등뼈가 툭 튀어나와 있었다. 아타는 다른 자매들에 비해 몸집도 작았고, 너무 말라 있었다. 돌출된 등뼈는 척추의 생김새가 보일 정도였고, 팔은 앙상했다. 옆으로 누워있는 아타를 아오가 들어 올렸지만 아타는 반응하지 않았다. 툭하고 손이 떨어졌다. 아오가 아로를 올려다보며 물었다.

"아타가 죽었어?"

"아니, 아직 죽지 않았어. 그런데 보다시피 기력이 다해가."

"어쩌다?"

아오의 안타까운 외침에 아로와 아쿠가 서로를 바라보았다.

"언니, 어쩌다 이렇게 됐어?"

"아타는 너를 잊지 않았어. 그리고 그리워했어. 다른 누어인과 다른 파란 언니를 사랑했어. 우리도 처음에는 몰랐지만 너를 찾아 가끔 뭍이 보이는 곳으로 올라간 모양이야. 나중에야 그 사실을 알고 우리는 너를 잊으라고 했지. 달의 모양이 바뀌고 한참이 흘러도 넌 돌아오지 않았으니까."

아쿠가 예서를 지나쳐 앞으로 나왔다.

"아오, 아타는 네가 없어진 날을 기억했어. 가끔 여기저기 묻고 다니기도 했지. 마침내 그날 통한의 물기둥이 있었다는 것도 알아냈어. 그리고……."

"내가 통한의 물기둥을 만난 건 사고였어!"

"그래, 우리는 알고 있었지만 더 어렸던 아타는 그럴 수 없었나 봐. 통한의 물기둥이 온 날 뭍에 나간다면 너를 데리고 올 수 있을 거라 믿은 것 같아."

"……말도 안 돼."

"너에게는 정말 미안한 말이지만 우리는 점점 너를 잊었어. 붉은 산호도 마찬가지지. 아타가 자라고 커다란 달이 세 번이나 뜨고 졌지만 너는 돌아오지 않았어. 그리고 다음 통한의 물기둥이 몰려온다는 소문이 돌았을 때…… 아타가 사라졌어."

예서는 다음 말을 듣지 않아도 어떻게 된 것인지 충분히 상상할 수 있었다. 아타는 통한의 물기둥을 타고 뭍으로 나갔을 것이다. 인간들이 살고 있는 땅으로.

"너도 잃었는데 아타까지 잃을 수는 없었어. 통한의 물기둥이 사라지고 우리는 달이 뜨기를 기다렸지. 그리고 용기를 내어 인간들이 사는 곳까지 가 봤어. 사람들은 대체 어떻게 그곳에서 살아갈 수 있는지 도무지 모르겠더라고. 사방이 척박해. 물기라는 없는 곳이었지. 우리는 깊이 올라가지 못했어. 정신없이 해안가를 뒤지고 있는데 달이 사라지고 해가 뜨기 시작했어. 그런데 그때 아타가 보였어. 우리가 뒤지고 있던 해안가 왼쪽으로 멀리 떨어진 바위섬에."

그때 생각이 나는지 착잡한 표정으로 아쿠가 입을 다물었다. 다음 말은 아로가 이었다.

"아타는 인간들이 쳐 놓은 그물을 칭칭 감고 있었어. 그래도 다행히 해안가가 아니라 바위섬에 부딪힌 모양이야. 통한의 물기둥이 바다를 휩쓸고 지나간 후라 인간들이 바위섬까지 오기 전에 우리가 먼저 찾았지. 해가 뜨기 시작했고 우리는 그물을 벗겨낼 사이도 없이 아타를 끌고 바다로 내려와야 했어. 이 곳 치유의 함에 바로 넣은 후 온갖 산호초를 여기에 옮겼지만 아타의 색은 점점 희미해져 갔어. 붉은 피 산호초가 절실해졌지."

"아로를 탓하지 마, 아오. 아타가 지금까지 버틴 것도 모두 아로의 힘 덕분이야."

"아오가 나를 탓해도 어쩔 수 없어. 내가 할 수 있는 건 겨우 아타의 죽음을 미루는 것뿐이야. 막지는 못해. 아타의 색이 점점 빠져나가도 나는 이 아이를 살리지 못했어."

"……너를 다시 기다렸어, 아오. 너와 함께 사라진 피 산호초를 네가 다시 갖고 나타나기를 기다렸어. 너를 잊어서 미안해. 우리가 너를 잊어서 아타가 벌을 받은 거라고 생각했어."

"……아니야, 언니들 잘못이 아니야. 내가…… 내가 그날 밖으로 나가지만 않았어도……."

아오가 고개를 흔들며 말했다. 아오의 말에는 자책과 슬픔이 담겨 있었다. 아로가 아오의 뺨을 만지며 고개를 들고 눈을 맞췄다.

"다행이야. 지금이라도 돌아와서."

아로와 눈을 맞춘 아오가 다시 고개를 숙이더니 작게 끄덕였다.

"아오, 이제 그것을 줘."

아로가 손을 내밀자 아오가 할머니의 머리 장식을 아로에게 건넸다.

"……은장식은 예서가 갖고 가기로 했어. 예서에게

중요한 물건이래."

아오가 아로를 보지 못하고 눈을 내리깐 채 말했다.

"그래."

아로가 손바닥 위에 머리 장식을 올려둔 후 다른 손으로 원을 그리듯 손목을 이용해 둥글게 손짓하자 머리 장식이 부르르 진동하기 시작했다. 진동이 더욱 커지더니 다음 순간 붉은 산호와 은장식이 분리되었다. 예서는 입을 떡 벌린 채 이 광경을 바라보았다. 아로의 힘이란 이런 것이구나! 아오는 아로에게 다가가 은장식을 주워들었다. 아로의 손바닥에는 붉은 산호만 남았다.

아로가 예서를 바라보았다.

"붉은 산호가 없어지는 동안 우리는 다른 누어인과 치열하게 싸워야 했단다. 붉은 산호의 힘이 우리를 지켜줄 수 있거든. 다행이야. 붉은 산호가 다시 돌아와서."

"……이 산호가 어떻게 지켜줄 수 있는데요?"

"붉은색은 아무나 가질 수 없는 색이야. 내가 지닌 붉은 색은 인간들이 우리를 찾지 못하도록, 그들의 눈이 멀어 우리를 발견할 수 없도록 지켜주는 하나의 힘이란다. 초대받지 못한 인간은 어디에서도 우리를 찾을 수 없지. 그리고 붉은 산호의 힘은 다른 누어인으로부터 우리를 지켜준단다. 그들과 우리의 감정을 우호적으로 바꿔주고, 인정이 넘치는 마음을 갖도록 만들어 준단다."

"아, 그렇군요."

"언니가 붉은색을 띠는 것도 이런 힘이 있기 때문이야. 언니의 붉은 색과 산호의 붉은 색 모두 남다른 힘의 상징이지."

아쿠가 부드럽게 말했다.

"아오가 없어진 날도 아오는 놀러 나간 것이 아니었단다. 다른 누어인을 만나러 갔었지. 다시 돌아오진 못했지만. 원래는 나나 아쿠가 했던 일이었지만 그날은 아오가 이상하게 떼를 썼어. 어머니는 반대했지만 내가 몰래 허락했지. 이제 아오도 일을 하기에 충분한 나이라고 판단했거든. 다른 누어인과 다른 파란색의 아오가 특별할거라 생각했어. 하지만…… 아오와 붉은 산호가 없어지고 우리는 대가를 치러야 했단다."

아로가 예서의 어깨에 손을 얹고 부드럽게 말했다.

"치료의 함에서만 붉은 산호를 분리할 수 있거든. 그렇지 않았다면 산호가 깨졌을 거야. 여기까지 불러들여 미안해."

어느새 옆으로 다가온 아오가 예서에게 사과했다. 예서가 괜찮다는 뜻으로 고개를 저었다.

아로가 바닥에 누워있는 아타 옆의 흙을 긁어냈다. 바닥에 홈이 생기자 산호를 넣고 다시 부드러운 흙을 덮어 줬다. 덮은 흙 위에 두 손을 대고 뭐라고 중얼거리자 붉은 빛이 잠깐 밝아졌다가 사라졌다.

"가자."

아쿠가 예서의 손을 잡았다.

"이제 언니가 할 일만 남았어. 아타는 이르면 다음 망게츠에는 깨어날 거야."

예서가 마지막으로 뒤를 돌아보았을 때는 산호초 사이로 넘실거리는 빨간 머리카락만 보였다. 그리고 섬광이 번쩍였다.

"큰 언니는 괜찮은 거예요?"

예서가 걱정을 담아 아쿠에게 물었다.

"응, 언니는 괜찮아. 하지만 우리는 그렇지 않아. 그래서 빨리 이곳을 빠져나가야 해."

아쿠가 앞에서 헤엄치고 아오와 예서가 그 뒤를 따랐다. 다시 굽이진 동굴을 빠져나와야 했다.

"붉은 산호의 힘은 강해서 우리 같은 누어인은 그 힘을 감당할 수 없어. 오직 언니만 할 수 있는 일이야."

"예서, 다른 인간들에게 우리와 만났다는 말을 해서는 안 돼. 지켜줄 수 있겠니?"

아쿠가 진지한 얼굴로 물었다. 예서는 고개를 끄덕이며 대답했다.

"네."

"부탁해."

"네, 그럴게요."

"이런 부탁을 해서 미안해."

"전혀요. 괜찮아요. 오히려 저는 고마운걸요."

어느새 동굴을 빠져나왔다. 출발할 때보다 도착할 때 시간이 더 짧게 걸리는 것 같은 기분은 뭍에서나 바다에서나 똑같다고 예서는 생각했다.

아쿠가 다시 예서의 앞에 섰다. 초록색의 깊은 눈동자로 예서와 마주 보더니 말했다.

"언니의 전언이야. 귀중한 물건과 아오를 돌려줬으니 너에게 선물을 하나 주마."

"네?"

아쿠가 예서의 손을 잡았다.

"언니는 너를 보자마자 알았던 모양이야. 곧 겪게 될 일을 말이야. 앞으로 일어날 일. 언니는 이렇게 말했어. 하나를 잃고, 하나를 얻겠구나."

아로의 말이 무엇을 의미하는지 예서는 알 수 없었다. 그래서 자신을 바라보고 있는 아쿠를 보며 눈을 깜박였다.

"슬퍼하지 마라. 다 순리에 따른 것이니."

아오가 예서에게 다가왔다. 마주 본 예서는 자신이 절대 아오를 잊지 못할 것이라는 깨달았다. 차가운 파란 눈의 아름다운 아오.

"고마워. 난 네 덕분에 고향으로 돌아올 수 있었어."

"아니야, 붉은 산호는 원래 네 물건이고 난 그걸 찾을 수 있도록 도와준 것뿐이야. 넌 좀 더 일찍 돌아왔어야 해."

"아타가 죽기 전에 이렇게 돌아왔잖아."

"아오, 난 절대 너를 잊을 수 없을 거야, 진짜로. 꼭 기억할게. 너는…… 우리 집 뒷마당의 작은 요정이야."

예서의 말을 들은 아오가 환하게 웃었다. 차갑게 반짝이던 눈동자가 웃느라 절반으로 작아졌지만 여전히 아오는 아름다웠다. 아오가 예서의 손에 은장식을 내려놓더니 뒤로 물러섰다.

 물방울이 예서에게 몰려들었다. 뽀골뽀골 소리를 내며 몰려든 물방울 때문에 예서는 급기야 눈을 감아야 했다. 파란색의 아오와 초록색의 아쿠를 더 눈에 담고 싶었는데.

"아……!"

 아오를 부르기 위해 입을 벌렸지만 소리가 나오지 않았다. 입속으로 물방울들이 밀고 들어와 벌어졌던 입을 다물어야 했다. 마침내 물방울 소리 외에는 아무것도 들리지 않게 되었다.

 예서는 안방에 누워있었다. 눈을 뜨자 안방 천장이 눈에 들어왔다. 천천히 눈을 깜박였다. 할머니 집의 안방 천장. 천장 가장자리 네 귀퉁이를 나무로 댄, 낡은 형광등이 달려 있는 천장을 알아보는데 시간이 조금 걸렸다.

'하아-.'

 길게 숨을 뱉었다. 돌아왔구나. 아오와의 만남을 뒤로하고 바다를 헤쳐 나와 집으로 돌아왔구나. 밖은 아직 깜깜했다. 둥글고 큰 보름달이 하늘에 걸려 있었다. 보름……. 예서가 옆을 보자 할머니가 자고 있었다. 쌔액 쌔액 소리를 내며.

잠이 달아났다. 내가 지금까지 꿈을 꾼 것일까? 여기에서 아오를 만나고 할머니의 이야기를 듣고, 아오의 고향인 바다에 다녀온 것들이 모두 꿈이었을까?

예서는 천천히 눈을 깜박였다. 움직이고 싶지 않았다. 숨 쉬는 것도 귀찮았다. 가만히 누워서 어둠과 적막과 공허함을 느끼고 싶었다. 마침내 참았던 숨이 터져 나왔다. 하-. 내내 천장을 바라보던 눈을 감았다. 잠이 오진 않았지만 개운한 느낌이었다. 밤이 주는 신비로움을 만끽하고 싶었다.

무더위가 한여름의 정수리에 올라앉은 느낌이다. 날이 너무 더워 할머니도 이제 새벽에 잠깐 밭일을 하신다. 할머니가 시원한 비빔국수를 해 주신다며 면을 찬물에 치대고 있었다. 비빔국수. 얼마나 한국적인 음식인가. 할머니는 대체 언제부터 비빔국수를 드셨을까?

"할머니는 비빔국수 좋아해?"

할머니는 예서를 바라보지도 않고 고개를 끄덕였다. 검은색보다 하얀색이 더 많은 할머니의 머리카락은 장식을 잃은 은비녀로 고정되어 있었다. 저기 어디쯤 피처럼 붉은 산호가 장식되어 있었는데.

열무김치를 넣고 고추장, 갖은양념을 눈대중으로 대충 넣은 후 손바닥으로 비빈다. 맛있는 매콤한 냄새에 침이 넘어간다. 마침내 할머니가 예서를 향해 길게 늘어진 국수 면발을 위로 치켜든다. 예서가 때마침 입을 벌리자 대롱대롱 허공을 맴돌던 국수 면발이 예서의 입속으로 쏙 떨어진다. 맛있다. 할머니의 비빔국수. 할머니가 큰 대접에 예서의 비빔국수를 덜어주신다. 이제 아빠와 약속한 2주가 얼마 남지 않았다. 매일 아빠와 통화하면서 듣게 된 엄마의 상태는 날이 갈수록 좋아지고 있었다. 수술 후 예후가 좋지 않던 날도 있었지만 모두 무사히 넘긴 것 같았다. 이대로라면 엄마와 여행도 갈 수 있을까? 아오가 있는 바다도 좋은데. 아오는 어디에 있을까? 이런 생각이 꼬리를 물다가 갑자기 궁금한 것이 떠올랐다.

"할머니! 망게츠가 뭐야? 혹시 알아?"

예서의 뜬금없는 질문에 할머니가 놀란 눈을 하고 예서를 보았다.

"보름달."

"보름달?"

할머니가 고개를 끄덕였다.

"일본 말로 보름달."

예서는 젓가락질을 멈추고 가만히 앉아 있었다. 망게츠, 쓰나미. 우리나라에 쓰나미가 자주 일어났던가? 할머니의 처녀 시절 이름이었던 하나코. 하나코를 따라 배를 타고 바다를 건너왔다고 했지.

"할머니……, 일본에 살았을 때 어디에 살았어?"

예서가 자신 없는 목소리로 물었다. 할머니에게 자꾸 고향에 관해 묻는 것이 어쩐지 미안했다. 할머니는 한동안 대답이 없었다. 예서가 괜히 물었나 싶어 고개를 숙이자 할머니가 말했다.

"미야기."

"혹시…… 할머니 어렸을 때 쓰나미가 있었어?"

할머니의 검은 눈동자에 순식간에 슬픔이 내려앉았다. 대답하지 않아도 예서는 알 것 같았다. 있었구나!

할머니가 고개를 끄덕였다.

"쓰나미로 유키에를 잃었다. 내 둘째 언니."

아오의 고향은 할머니의 고향과 같은 곳일까? 할머니의 고향은 낭, 아오의 고향은 바다. 이 차이일 뿐일까? 에서는 짐작도 할 수 없는 일본의 어느 바다. 그렇구나. 아오는 거기에서 왔구나. 내가 밤사이 다녀온 아오의 고향은 그렇게나 먼 곳이었구나.

사발에 담긴 비빔국수를 거의 먹어 갈 때쯤, 휴대폰이 울리기 시작했다. 에서는 발신자를 확인하고 반가운 마음으로 폴더를 열고 전화를 받았다.

"아빠!"

"공주, 할머니랑 잘 지냈어?"

"그럼, 얼마나 말을 잘 들었는데!"

"정말? 할머니한테 물어봐야겠네."

"응! 그래!"

아빠의 웃음소리가 수화기 너머로 들려왔다. 아빠는 오늘 기분이 좋은 것 같다.

"공주, 아빠가 조만간 데리러 갈게. 엄마 상태가 아주 좋아졌어."

"진짜?"

듣던 중 반가운 소리다.

"응, 당분간은 병원에 다녀야겠지만 그래도 많이 좋아져서 퇴원해도 될 것 같대. 수술도 잘 됐고."

"우와! 그럼 엄마랑 같이 집에 있는 거야?"

"응. 지금 뭐 하고 있었어?"
"할머니랑 비빔국수 먹고 있었어."
"할머니 비빔국수! 맛있지. 오후에는 뭐 할 건데?"
"음……, 성민이랑 시냇가에서 놀래."
"오! 빨간 벽돌집 손자?"
"응!"
"그래, 그래. 할머니 말씀 잘 듣고, 너무 놀지 말고 방학 숙제도 조금씩 해 놔."
"알았어, 아빠. 엄마는 언제 통화할 수 있어?"
"모레쯤?"
"진짜?"
"응. 예서야, ……할머니 좀 바꿔 줄래?"
"응!"

할머니에게 휴대폰을 내밀자 놀란 눈으로 손사래를 치신다.

"왜! 할머니! 아들 목소리도 듣고 대화 좀 해 봐!"

예서가 억지로 할머니 손에 휴대폰을 쥐어주고 할머니의 귀까지 전화를 끌어 올려준다. 할머니는 여전히 놀란 눈으로 휴대폰을 귀에 대고 있다. 얼마나 힘을 줘서 휴대폰을 잡고 있는지 손마디가 드러나려고 한다. 수화기 너머로 아빠의 목소리가 들리지만 정확히 무슨 말을 하고 있는지는 모르겠다. 할머니는 동그랗게 뜬 눈으로 고개를 끄덕이고 있었다. 예서는 젓가락으로 대접 밑바닥을 박박 긁어 남은 국수를 입속으로 털어 넣었다.

epilogue

***

하나를 잃고 하나를 얻게 되리라는 아로의 전언.

붉은 머리의 아로에게는 정말 신비한 힘이 있었던 걸까?

예서의 어머니는 수술 후 예후가 좋았다. 병에 걸리기 전처럼 건강해지진 못했지만 그래도 많이 나아졌다. 가끔 주말 오후 예서와 산책도 하고, 마트도 함께 갈 수 있었다. 산책에서 돌아온 엄마는 조금 피곤해 보였지만 예서가 국화차를 만들어주면 웃으며 차를 조금씩 홀짝였다.

그렇게 엄마가 퇴원하고 반년 정도 지났을 때 할머니가 돌아가셨다. 추운 겨울, 급격한 일교차로 찬 바람이 쌩쌩 불던 날 폐렴을 얻은 할머니는 끝내 자리에서 일어서지 못하고 돌아가셨다.

하나를 잃고 하나를 얻을 것이다.

아로가 말해준 것이 이것이었을까?

아오는 지금 뭘 하고 있을까? 아타는 붉은 산호의 힘으로 나시 건강해졌을까? 친절한 아쿠의 초록색 눈동자가 떠오른다. 이 자매를 예서는 평생 잊을 수 없을 것이다.

 할머니의 집은 그대로 두기로 했다. 그 후 엄마는 요양차 이곳에서 머무르는 일이 잦아졌다. 엄마는 할머니가 가꾸시던 뒷마당을 좋아하셨다. 작은 뒷마당에는 매년 플룩스와 양귀비, 수국을 심었다.
 아오를 만난 지 벌써 10년 가까운 시간이 지났다. 아오와 시간을 붙여 생각하면 웃음이 난다. 아오는 10년이라는 시간을 절대 이해 못 하겠지.
"예서야, 점심에 비빔국수 해 먹을까?"
 어깨 너머로 아빠의 목소리가 들린다. 예서는 멍하니 어둑어둑해지는 밖을 보다가 아빠의 목소리에 정신이 돌아온다. 고개를 돌려 아빠를 향해 말한다.
"응!"
 투둑, 투두둑 내리던 빗줄기가 금세 쏴아- 소리를 내며 소나기가 되어 쏟아졌다. 예서는 뒷마당으로 향하는 커다란 창문을 닫기 위해 손을 짚고, 무릎으로 기어갔다. 사사삭-. 창문 아래 툇마루에 무엇인가가 움직였다. 진한 갈색의 탁한 빛을 띤 작은 새끼 도마뱀이 사람을 피해 빗속으로 사라졌다. 예서의 입가에 웃음이 서렸다.

뒷마당의 작은 요정

초판 1쇄 인쇄 2025년 07월 03일
초판 1쇄 발행 2025년 07월 03일

지은이   포뢰

디자인   포레스트 웨일
펴낸이   포레스트 웨일
펴낸곳   포레스트 웨일
출판등록 제2021-000014 호
주소   충청남도 아산시 탕정면 용머리길 40 유니콘101 216호
전자우편 forestwhalepublish@naver.com

종이책   979-11-94741-28-2

ⓒ 포레스트 웨일 | 2025
· 이 책은 저작권법에 의하여 보호받는 저작물이므로 무단 전재와 복제를 금합니다.
· 이 책 내용의 전부 또는 일부를 이용하려면 사전에 저작권자와 포레스트 웨일의 서면 동의를 얻어야 합니다.

작가님들과 함께 성장하는 출판사
포레스트 웨일입니다.
작가님들의 소중한 원고를 받고 있습니다.
forestwhalepublish@naver.com